新装版

鬼《き》哭《こく》の剣

介錯人・野晒唐十郎①

鳥羽 亮

祥伝社文庫

目次

第一章　五郎清国《ごろうきよくに》　7
第二章　鬼哭啾啾《きこくしゅうしゅう》　81
第三章　逆襲　139
第四章　暗闘　191
第五章　怪鳥失墜《けちょうしっつい》　257

第一章　五郎清国《ごろうきよくに》

1

やわらかな春の細風《そよかぜ》が流れていた。

長屋門《ながやもん》に続く塀に沿って植えられた柳は淡《あわ》い新緑を風に流し、花を散らした八重《やえ》桜《ざくら》は薄い樺色《かばいろ》の葉につつまれている。

三月《やよい》（旧暦）の下旬。花の季節も終え、神田小川町《かんだおがわ》にある旗本、久野孫左衛門《ひさのまござえもん》の屋敷の庭は陽春の光に満ちていた。芽吹きはじめた欅《けやき》、楓《かえで》、紅葉《もみじ》、新緑の色をくわえる松、槙《まき》などの庭木が、陽光のなかにびっしりと枝葉を伸ばしている。

介錯人《かいしやくにん》、狩谷唐十郎《かりやとうじゆうろう》は庭の隅に用意された床几《しようぎ》に腰を落として、久野たちの来るのを待っていた。

すでに、中間《ちゆうげん》たちの手で、庭の一隅に白砂が撒《ま》かれ、その上に縁《ふち》なしの畳一畳《たたみじよう》が敷いてある。急拵《ごしら》えの切腹場だが、表門、屋敷、家臣の住む長屋に面した三方に白木綿《もめん》の幕が張られ、畳の背後には四枚折りの屏風《びようぶ》も用意されていた。

「若先生、いい陽気になりましたな」

背後から声をかけたのは介添人《かいぞえにん》の本間弥次郎《ほんまやじろう》である。

唐十郎よりひとまわりも年上で、すでに四十を越している古い門弟だが、いまだに唐十郎のことを若先生と呼ぶ。

「草木の萌《も》える季節にしては、静かだ……」

庭木の茂みに野鳥の囀《さえず》りもなく、あたりはひっそりと静まりかえっていた。

「さきほど、鶯《うぐいす》の声が聞こえましたが」

「うむ……」

弥次郎のいうように、欅の梢《こずえ》から鶯の啼《な》き声が聞こえていたが、どこかに飛び去ったらしく、今は森閑としている。

そのとき、白木綿の幕が揺れ、久野らしい恰幅《かっぷく》のいい武士が数人の羽織袴《はおりはかま》姿の家臣を引き連れて姿をあらわした。

「そちが、狩谷唐十郎か」

「はッ」

久野は白足袋《たび》こそ履《は》いていたが、小袖《こそで》に袴姿とくつろいだ身支度《みじたく》で機嫌良さそうに目を細めて唐十郎に声をかけた。歳は四十前後であろうか。色白で肥満体、紅を差したように赤い唇をしていた。

「神崎《かんざき》、五郎清国《ごろうきよくに》をこれへ」

久野に促《うなが》されて、背後にいた老齢の家臣が三尺五寸ほどの蒔絵《まきえ》のほどこされた漆《うるし》塗《ぬ》りの刀箱を持って唐十郎の前に進みでた。

唐十郎は、神崎と呼ばれたこの男と十日ほど前に会っていた。久野家に長く仕える用人《ようにん》で、神田松永《まつなが》町にある道場に、介錯と試刀の依頼に来たのである。その際、備前《びぜん》長船《おさふね》派の名工として名高い曽我《そが》弥五郎清国二尺三寸の斬れ味を試して欲しい、との話があった。

唐十郎は市井《しせい》の試刀家であった。多くは、藩邸や旗本などから依頼されて身寄りのない行き倒れや自殺者、あるいは小塚原《こつかっぱら》で処刑された罪人の屍《むくろ》などを貰い受けて据《す》え物《もの》斬りで刀の利鈍のほどを試すが、ときには切腹の介錯も依頼される。

大身の旗本や各藩内で起こった事件を処理するために、関係者に切腹を申しつけることがあるが、太平に慣れた昨今、みごとに己《おのれ》の腹をかっさばき、切っ先で喉《のど》を突いて果てるなどという剛の者は滅多にいない。切腹はかたちだけで、三方《さんぽう》にのせた切腹刀（白鞘《しらさや》の小脇差）に手を伸ばしたときに、背後の介錯人が首を刎《は》ねるのである。

多くは家中の腕に覚えのある者が介錯にあたるが、一刀で首を落とせるような手練《てだれ》がいないか、いても身内の逆恨《さかうら》みを受ける恐れのあるような場合は、唐十郎のような市井の介錯人の手を借りることになる。

久野家は千五百石の大身で、しかも、将軍に近侍する御小納戸《おこなんど》頭取の要職にあり、家臣の数も多いことから相応の腕達者もいるはずだが、ただの切腹でなく、試刀もしたいことから唐十郎に声がかかったのであろう。

唐十郎は刀箱から、白鞘の五郎清国をとりだした。すでに、試刀のために、柄《つか》、鞘《さや》、鍔《つば》などの拵《こしら》えはとり除かれ、柄も樫《かし》を二つ割りにして中心《なかご》に嵌《は》めた切柄《きりづか》がつけてある。

二尺三寸。反《そ》り少なく、身幅の広い清澄な刀身である。浅い湾《のた》れに互《ぐ》の混じった刃《は》文《もん》に、細かな砂流しがかかる。切っ先は鋭い大帽子《おおぼうし》。五郎清国の特徴とされる牡丹映《ぼたんうつ》りが、棟《むね》よりの地肌に浮き出している。

……贋作《がんさく》か！

杢目《もくめ》の地肌に清冽《せいれつ》な冴《さ》えがない、と唐十郎は直感した。

五郎清国は、近付く者を引き寄せて斬る、といわれるほど、切れ味の凄《すさ》まじい刀である。その特徴は目を射るほどの地肌の清澄な冴えにあるのだが、唐十郎のかざした刀身にはそれが欠けているように思われた。

牡丹の花のように映ることから牡丹映りと呼ばれる地肌に浮きあがった模様も、乱れてむらがある。

長船派の刀工の手による贋作らしい、と気付いたが、唐十郎は、

「さすがは、五郎清国、みごとな冴えにござります」

といいながら、白鞘に納めた。

簡単に贋作と口をすべらすわけにはいかなかった。地肌の清澄さや牡丹映りに名刀らしい深みや冴えが足りない感じはしたが、あとはすべて五郎清国の特徴を備えていた。おそらく中心に、『備前長船住五郎清国』の銘《めい》も切ってあるであろう。

なにより、相手は大身の旗本であり、用人の神崎から、五郎清国は先代の当主が前将軍家斉《いえなり》公より特別に下賜《かし》された久野家の家宝だという話を聞いていた。

それが、偽物ということになれば、体面を傷つけられるだけではすまなくなる。場合によっては、拝領の刀を失った責任をとらねばならない。

「五郎清国の斬れ味を、この目で見たいと思うて、な」

久野はそういうと、唐十郎の顔に視線をとめてから、用意された床几に腰を落とした。久野が腰を落とすと、すぐに、白木綿の幕の向こうから低く叱咤《しった》する声が聞こえ、複数の乱れた足音がして数名の武士が姿をあらわした。

先頭の男だけが白装束で、後は羽織袴姿である。

「安之介《やすのすけ》、この期《ご》に及んで見苦しいぞ」

白装束の男は左右の武士に両腕をとられ、引きたてられるようにして唐十郎の前を通った。顔面蒼白で、目が攣《つ》りあがっている。二十代半ばの痩身の武士で、女のように手足や首の細い男だった。

この若い武士が、これから切腹することになっている若党の新井《あらい》安之介らしいが、どうやら、屠腹の覚悟はついていないようだ。

唐十郎は、神崎から、久野家の体面を傷つけた科《とが》で腹を切るとだけ聞いていたが、それ以上の事情は知らなかったし、また、知りたいとも思わなかった。

……情は斬心《ざんしん》を揺らす。

唐十郎は、刀を打ち落とす直前の気力の充実と動揺のない境地を斬心と呼んでいた。目の前の屠腹者に情が動くと、斬心が乱れるのである。

介錯人は、屠腹者の首を落とすことが仕事である。一瞬裡《り》に、一太刀《ひとたち》で斬首せねばならない。それが、屠腹者に苦痛を与えず、清浄な死をもたらすことにもなるのだが、情が動くと太刀筋が乱れて不様な結果となる。

「弥次郎、散らすやもしれぬぞ」

と背後に控えている弥次郎に小声で伝えた。

刀を振り下ろした刹那《せつな》に、体を動かされるとうまく首を落とせないことがある。その場合、二の太刀を揮《ふる》って落命させるが、それも失敗すると介添人に斬首者の体を押さえさせ、首に刀を当てて押し切りにする。それまでの間、苦痛に激しく身体を動かすため、周囲に夥《おびただ》しい血を飛び散らせる。唐十郎のいう、散らす、とは血を散らすという意味であった。

「心得てございます」

長年、介添人として唐十郎の介錯に立ち会ってきた弥次郎は、若い武士の動揺振りから簡単に斬首できないことを察しているようだ。

新井は、二人の家臣に押さえつけられるように、屏風の前の畳に座ると、激しく体を震わせ小石を叩き合うような歯の音をさせた。

唐十郎は立ちあがると、肩にかけていた羽織を脱いだ。すでに、股立《ももだ》ちをとり、襷《たすき》で両袖は絞ってある。五郎清国を抜くと、新井の背後に歩み寄り、

「……狩谷唐十郎でござる。これなるは、備前岡山の住人、曽我弥五郎清国が鍛えし、二尺三寸にございます。……介錯仕《つかまつ》ります」

と声をかけた。

その声に促されたように、新井は震えながら浅葱《あさぎ》色の無紋の肩衣《かたぎぬ》をはねた。

唐十郎が五郎清国の刀身を傍《かたわ》らの弥次郎の方へさしだすと、すぐに、弥次郎は手桶《ておけ》の水を柄杓《ひしやく》で汲《く》み、柄元から切っ先にかけて水をかけた。

小さく振って、その水を切ると、唐十郎は新井の左背後に身を寄せ、八双《はっそう》に構えてわずかに腰を沈めた。

唐十郎は色白で秀麗な顔だちをしている。その白皙《はくせき》な顔貌《おもて》に、わずかに朱がさしたが、ほとんど表情は変わらなかった。

屠腹者の新井は、右肌を脱ぎ、左肌を脱ぎ、白木の三方にのせられた九寸五分の切腹刀に手を伸ばそうとしたところで、ふいに動きをとめた。

一瞬、憑《つ》かれたような目で虚空《こくう》を睨んだが、急に瘧慄《おこりぶるい》のように上半身を震えさせたかと思うと、激しく顎《あご》をがくがくと上下させた。頭頂で髷《まげ》がはね、結髪《けっぱつ》がゆるんでいる。首を刎《は》ねられる恐怖に精神が恐慌をきたしているのだ。

……髪が絡む！

斬首者にとって、首にかかった髪ほどやっかいなものはない。どのような名刀も、束《たば》になった髪を断ち切るのは難しい。加えて、この屠腹者は激しく顎を上下させていた。うまく、髪を断ち切っても顎骨や歯に刃を当てる恐れもあった。

唐十郎は八双に構えたまま、動きをとめた。気は満ちてきていたが、振り下ろす機会をつかめないでいた。

弥次郎に体を押さえさせるか、と思ったとき、唐十郎は鶯の啼き声を耳にした。さきほど庭先で啼いていた鶯であろうか、一羽、庭の欅の梢にいるらしい。

庭は眩《まばゆ》い陽光とむせかえるような春の新緑に満ちていた。二度、三度、鶯の啼き声は切腹場を支配した静寂を切り裂くように、鋭く、軽やかに響き渡った。

「……新井どの、鶯でござる」

おだやかな唐十郎の声に、新井がわずかに顔をあげた。

「…………」

新井にも鶯の啼き声は聞こえたらしく、その姿をとらえようと視線を庭先に投げた。眉宇《びう》を寄せたせつなそうな眸《め》が、欅の梢で動く小さな野鳥を追った。その瞬間、新井の身体の震えがとまり、わずかに首が前に伸びた。

刹那、シャというかすかな刃音をたてて、唐十郎の構えた五郎清国が一閃《いっせん》した。

ゴッ、という頸骨《けいこつ》を断つ音を残して黒い塊《かたまり》が一間《いっけん》ほども飛び、その後を追うように首根から血が、走った。勢いよく噴出した血は棒状に前に飛び、まさに、走った、ように見えた。

斬首された新井は前につっ伏すように倒れ、その首根から、ビュ、ビュと音をたて噴《ふ》きだした血が白砂や青畳《あおだたみ》を見る見る赤黒く染めた。春の新緑の匂いのなかから、蒸《む》せるような生あたたかい血の濃臭がたちこめてきた。

2

斬首場はひっそりとして人々は動きをとめていた。

春の陽光が庭一面を照らし、輝く白砂のうえに迸《ほとばし》り出る血がかすかな吐息のような音をさせていたが、それもすぐに聞こえなくなった。

鳥の羽音がした。異様な静寂に、梢の鴬が驚いて飛びたったらしい。

一升五合といわれる血が出尽くすと、控えていた中間たちが走りでて新井の死体を布団《ふとん》に包んで運びだした。本来の斬首刑なら、首のもとどりをつかんで顔を検死役に見せてから運びだすのだが、内々の処分らしく、首を洗っただけで棺桶に収められた。おそらく、そのまま家人か縁者に引き渡されるのであろう。

唐十郎は血に濡《ぬ》れた刀身をかざして見た。人を斬った後、地肌に浮きあがった牡丹映りに鮮血が付着し、あたかも紅色の牡丹のように見えることから、五郎清国の紅牡丹、と称されている。

だが、刀身に付着した血は細長い斑《まだら》状に流れ、牡丹のようには見えなかった。

……やはり、贋作か。

そう思ったが、唐十郎はなにもいわなかった。

久野から声もかからなかったので、唐十郎はそのまま刀身を弥次郎の前にさしだし、柄杓の水をかけさせて血を流した。

唐十郎が半紙で拭《ぬぐ》うと、背後に控えていた用人の神崎が立ちあがり、五郎清国を唐十郎から受けとって久野に手渡した。

「鶯の音《ね》を読経《どきょう》代わりに冥途《めいど》に送るとは、粋《いき》なはからいよのう」

久野は刀身に目をやりながら、満足そうに唐十郎に声をかけた。斬首前のやりとりが、久野の耳にもとどいていたらしい。

唐十郎は、すぐに襷を外して久野の前に進みでて片膝をついた。

「どうじゃ、五郎清国の斬れ味は」

「はッ、まさに、特上作にございます」

唐十郎は試刀の結果、刃味の利鈍によって特上作、上々作、上作の位列に分けていた。最下位が上作というのもおかしいが、依頼主に並といって返すわけにもいかないのである。それに、高い試刀料を払って斬れ味を試すほどの刀に、まず無銘の鈍刀はない。

唐十郎の試した五郎清国に、近付く者を引き寄せて斬る、といわれるほどの凄まじい刃味はなかったが、特上作といっていい斬れ味であった。

「さもあろう、この五郎清国は、麴町《こうじまち》の山田浅右衛門《やまだあさえもん》どのにも試してもらい、最上《さいじょう》大業物《おおわざもの》の位称を得ておる」

「山田どのから……」

麴町の山田浅右衛門は、代々罪人の首斬り役をつとめ、試刀家としては最高の地位である『徳川家御試御用役《とくせんけおためしごようやく》』を仰《おお》せつかっていた。

また、五世山田浅右衛門吉睦《よしむね》は文政十三年（一八三〇）に著《あらわ》した『古今鍛冶備考《ここんかじびこう》』全七冊のなかで、斬首の経験を生かして四段階の斬れ味の位列を設けている。その第一位が、最上大業物で、長船派の秀光《ひでみつ》、元重《もとしげ》、初代国包《くにかね》、初代助広《すけひろ》などの名工の作をあげている。以下、位列は大業物、良業物、業物と続く。

この五郎清国が、山田浅右衛門本人の手で刃味を試され、最上大業物の位称を得たとなれば、まさに斬れ味は最上位ということになるが……。

「山田どのの御試しは、いつのことでござる」

唐十郎の胸に疑念が湧いた。

山田ほどの試刀家が、五郎清国の偽物に気付かぬはずはないし、この程度の刃味をもって最上大業物の位称を与えたとは思えない。それに、すでに山田が試し斬りをやっているなら、唐十郎のような名のない市井の試刀家に依頼する必要はないはずだ。

「なにか、不審なことでもあるかな」

久野は探るように目を細めた。

「いえ、山田どのの後の試し斬りでは、あまりに恐れ多いと……」

唐十郎は言葉を濁《にご》した。

「うむ。……そちが気をつかわずともよい。山田どのの手をわずらわせたのは、先代の頃じゃ。もう、十年は経とうな」

「さようでございますか」

山田が試したのは、別の刀であったのかもしれぬ、と唐十郎は思った。本物の五郎清国なら、最上大業物の評価を得ても不思議はない。どのような事情があったか分からぬが、この十年の間に、偽物とすり替わったのではあるまいか。久野が偽物に気付いているかどうか、唐十郎には分からなかった。

「狩谷、大儀……。眼福《がんぷく》であったぞ」

そういって、久野は立ちあがった。

その日、唐十郎と弥次郎は酒肴《しゅこう》でもてなされ、介錯と試刀の手当二十両を懐《ふところ》にして、八ツ半（午後三時）ごろ、久野家を出た。

「若先生、どうしますか」

久野の屋敷を出たところで弥次郎が訊《き》いた。

「まだ、日は高いが……」

唐十郎はそのままの足で、馴染みの料理屋『つる源《げん》』にいってみるつもりだった。

唐十郎の住まいは神田松永町にある。父親の重右衛門《じゅうえもん》が開いた小宮山《こみやま》流居合《いあい》の道場が、住まいにもなっていたが、今は道場も廃《すた》れ、ひとり暮らしで待っている者もいない。それに、屍《むくろ》を斬っての試しと違い、斬首したあとは体が疼《うず》くように高揚する。

唐十郎は、血に酔うといっているが、不思議と酒や女が欲しくなる。

「血に酔ったようだ」

「介錯は半年ぶりですからな」

弥次郎のいうように、最近は屍を使っての試し斬りが多く、斬首は半年ぶりであった。

「弥次郎は、どうする」

「わたしは、このまま相生町《あいおい》に帰って、女房でも抱いて寝ますよ」

そういって、弥次郎は口元に笑いを浮かべた。

弥次郎にはりつという女房と七つになる琴江《ことえ》という娘がいた。父の代からの律義な門弟で、唐十郎のおこなう介錯や試刀の介添役を生業《なりわい》にしている。ときには、唐十郎に代わって刀を揮《ふる》うときもあるが、腕はなかなかのものである。

つる源の暖簾《のれん》をくぐると、奥座敷に通され、すぐに吉乃《よしの》が顔を出した。吉乃はつる源のかかえの芸者だが、唐十郎とは二年越しの馴染《なじ》みである。

「こんなに早く……。うれしい」

吉乃は白い肌を上気させたように赤らめて、唐十郎の胸に肩先を寄せてきた。唐十郎が明るいうちに、つる源に顔を見せることなど滅多にない。しかも、予告なしに顔を見せたので、吉乃はよほど嬉《うれ》しかったようだ。

「まず、酒だ。肴《さかな》は酢の物か、大根の煮付けでもあればいい」

さすがに、人を斬った後は刺身や焼き魚など食する気になれない。

「唐十郎さま、御試しですか」

吉乃は頬《ほお》を赤らめて訊いた。

唐十郎が試刀を生業としていることは吉乃も知っていた。ただ、吉乃には巻き藁《わら》や青竹を斬って試すことが多く、滅多に人体を斬ることはない、と話してあるので嫌悪感をいだかれるようなことはなかった。

それより、試刀の後は生物《なまもの》は食さず性急に酒を飲むと、普段より激しく体を求めるので、吉乃は思わず顔を赤らめたのだ。

「早くな。……今日は人を斬ってきた。血が疼いてならぬ」

「おお、怖《こわ》ッ」

吉乃は首を竦《すく》めて部屋を出ると、すぐに酒肴を運んできた。

四半時《しはんとき》（三十分）ほど飲むと、唐十郎は吉乃を抱き寄せた。

「……あたしのこの胸のつかえも、切ってくださいな」

喘《あえ》ぎながら、吉乃は自分から体を絡めてきた。吉乃は二十二歳の年増《としま》だが、しっとりと吸いつくような白い肌をしていた。その肌が酒気を帯びて、ほんのりと朱に染まっている。首筋や手首はほっそりとしているが、胸や腰まわりの肉置《ししおき》は豊かで、惜し気もなくその肉体を唐十郎の前にさらした。

唐十郎も執拗に吉乃の体を求めた。二年間馴染んだ二人の体は、お互いに相手を悦ばせるつぼを心得ていて、それをひとつひとつ確かめ合いながら潮《しお》の満ちてくるように高みに誘いあう。

「……ああ、よかった。体がとろけそう」

吉乃は高みに達した後も、四半時ちかく唐十郎の胸に顔を埋めていたが、赤い襦袢《じゅばん》の胸元を合わせせながら身を離した。

唐十郎がつる源を出たのは、町木戸の閉じられる四ツ（午後十時）前だった。

「いい女《ひと》でも待っているのかい。……泊まっていっておくれよ」

吉乃は乱れた髪に手をやりながら恨めしそうな顔をしたが、

「また、こよう」

といいおいて、唐十郎は振り切るようにして暖簾をくぐった。

松永町の自宅に待っている者はいなかった。帰らねばならぬ理由はなにもなかったが、そのまま泊まる気にはなれなかった。

……夜風にあたりたい。

唐十郎は吉乃を相手に二度果てていた。すでに、斬首の後の血の疼きはなく、酒と女体に耽溺《たんでき》した体を夜風に晒《さら》したいと衝動的に思ったのだ。

唐十郎は錆納戸《さびなんど》色の小袖を着流しに、愛刀の備前祐広《びぜんすけひろ》を落とし差しにして飄然《ひょうぜん》と神田川縁《かんだべり》を歩いていた。

……尾《つ》けられている！

と気付いたのは、昌平橋《しょうへい》を渡ってしばらく大川方面に歩いたときだった。

3

武士らしい男が四、五人、つる源を出たときから、ほぼ同じ間隔で尾けてきていた。提灯《ちょうちん》もなく、闇に身を隠すようにして尾けてきた男たちは、昌平橋を渡ったところで急に足を速め後を追ってきた。

すでに股立ちをとり、左手で鍔元《つばもと》を握っている者もいる。目付きは刺すように鋭く、夜闇に殺気をはなっている。

……闇討ちらしい！

唐十郎は足をとめた。

ばらばらと走り寄った一団は颯《さ》ッと唐十郎をとり囲むと、腰を沈めて抜刀した。敵は五人、みな無言だった。いずれも武士らしいが、顔見知りはいなかった。

「何者！……狩谷唐十郎と知っての狼藉《ろうぜき》か」

誰何《すいか》しながら、唐十郎は咄嗟《とっさ》に半間ほど身を引いた。背後に神田川の土手がある。後ろからの斬撃を避けるためだ。

唐十郎は左手で祐広の鯉口《こいぐち》を切り、居合腰《いあいごし》に腰を沈めたまま敵の動きを読んだ。いずれも構えは星眼《せいがん》だが、正面の痩身の男と左手後方の長身の男を除いた三人の切っ先は浮いていた。興奮し血走った目をしているが、手だけ前に突きだすようにして構え、腰も引けてしまっている。おそらく、斬り合いになっても踏みこんでこられまい。

……真の敵は二人か。

唐十郎は『浪返《なみがえし》』を遣《つか》うつもりだった。小宮山流居合には、前後二人の敵に対峙《たいじ》したときの技に浪返があった。

正面の敵の右脛《すね》に抜きつけの一刀を斬りつけ、敵の出足をとめると同時に大きく上段に振りあげながら身をひるがえし、背後の敵の頭上から斬り落とす。その刀身の流れが、引いて返す波に似ていることから浪返の名がついた。

水平に斬りつける一刀は、正面の敵の出足を奪うものであり、真の狙いは後方の敵にある。後方を振り向きざま斬り落とすため、後方の敵との間積《まづも》りと迅速《じんそく》さが斬撃の成否を左右する。

「刀を引かぬなら、容赦《ようしゃ》はせぬぞ」

唐十郎は右手を祐広の柄に伸ばしながら、わずかに後方に退《ひ》き後方の敵との間合《まあい》をつめた。前方の痩身の男との間合はおよそ一間半、後方の男とは一間の間合をとった。

五人の敵は無言だったが飛びかかる寸前の野犬のような目をし、真剣を構えた緊迫感に呼吸が荒くなり、前に出した右足の膝が震えだしていた。

潮合《しおあい》だった。唐十郎は、正面の敵の呼吸を読み、わずかに剣尖《けんせん》の浮いた隙《すき》をついて、抜きつけの一刀をひらめかせた。

居合の神髄《しんずい》は抜刀の迅《はや》さと間積りにあるが、複数の敵を相手にした場合は、相手の一瞬の動きを読んだ機敏な太刀《たち》捌《さば》きが生死を決することになる。

唐十郎の切っ先は前方の敵の膝先をかすめ、一瞬、後方に身を引かせた。間髪《かんはつ》をいれず、唐十郎は背後を振り返りながら大きく上段に振りあげ、一歩踏みこんで、後方の敵の頭上から斬り落とした。

居合は敵の間合にはいってから動くことが多い。したがって、最短距離の鋭い太刀捌きが要求される。唐十郎の無駄のない流れるような動きは、流麗な舞いのようであった。

咄嗟《とっさ》に、後方の敵は唐十郎の斬撃をさけるために身をひねったが、唐十郎の上段からの太刀は右の耳を刎ね、肩口を大きく割った。耳の肉片が一間も飛び、割れた肩口が白い肉を石榴《ざくろ》のように開いた。斬られた敵は半顔を血に染め絶叫をあげながら、崩れるように夜闇のなかに後退していく。

唐十郎は一瞬も動きをとめなかった。後方の敵を斬ると、身をひるがえして前方にいた痩身の男との間合をつめた。攻撃の中断は敵に呼吸を整えさせ、崩れた囲みをたてなおす余裕を与える。通常、居合はいったん抜いたら、すべての敵を斬殺するまで動きをとめない。

唐十郎は遠間《とおま》の下段から大きく踏みこみ逆袈裟《ぎやくげさ》に斬りあげると、股立ちをとった袴の裾を切り裂いた。唐十郎の迅速果敢《じんそくかかん》な攻撃に、痩身の男の顔に怯《おび》えが浮かび、摺《す》り足で後退すると、

「引け！」

と悲鳴のような声をあげて反転した。

唐十郎の凄まじい太刀捌きに恐れをなしたとみえ、他の三人も切っ先を引くとばらばらと夜闇のなかへ駆けだした。

唐十郎は逃げた武士たちの後を追わず、蹲《うずくま》っている男の襟元をつかんで身を起こさせると、

「どこの家中の者か」

と訊いた。

襲った五人は牢人《ろうにん》（浪人）ではなかった。主命による襲撃だと思われたが、唐十郎にはまったく心当たりはなかった。

唐十郎の問いに、男は目尻が裂けるほど両眼を瞠《みひら》き血まみれの顔を激しく震わせて、

「斬れイ！」

と絶叫した。

「名は」

と唐十郎が問うと、男はふいに腰の小刀を抜き己の喉を一気に突き刺した。止める間もなかった。ググッ、とわずかに喉が鳴り、男の首が折れたように前に傾《かし》げると、ぼんのくぼから切っ先の尖端が突きだした。

唐十郎が慌てて男の手首をつかみ小刀を抜くと、ゴフッ、ゴフッと音をたてて血が噴きだした。首の血管《ちくだ》を切ったらしく、吐息と血が喉を鳴らしているのだ。

がっくりと男の首が前に倒れ、胸元は赤い布を覆《おお》ったように血に染まった。男の顔は血の気を失い、すぐに動かなくなった。絶命したらしい。

潔《いさぎよ》い死に様《ざま》だった。唐十郎は男の屍を神田川の土手まで引きずると、柳の根元に

もたせかけてその場を去った。

4

……久野家の者か。

唐十郎にはそれしか考えられなかった。

あるいは、五郎清国が偽物であることを隠すための口封じに襲ったのかもしれぬ、と思ったが、納得できなかった。贋作と知っていれば、唐十郎に試刀を依頼するようなことはなかったはずだ。

唐十郎は弥次郎が気になった。今日の久野家の試刀が襲撃理由なら、弥次郎にも討っ手が向かっているはずである。

夜更けではあったが、そのままの足で相生町の仕舞屋《しもたや》に住む弥次郎を訪ねた。すでに座敷の灯《ひ》は消えていたが、唐十郎が雨戸を叩くとしばらく間をおいて、弥次郎の声が聞こえた。

「このような夜分に、どなたさまで」

弥次郎は雨戸の向こうから、警戒するように低い声で訊いた。

「おれだ、唐十郎だ」

「若先生、どうしました」

すぐに、雨戸が開き、弥次郎の驚いたような顔がのぞいた。寝間着のままで起きてきたらしいが、さすがに愛用の差料を左手に携《たずさ》えている。いつでも抜けるように左手に持っていたのだが、唐十郎の顔を見ると安堵したように右手に持ちかえた。

「何者かに襲われるようなことはなかったか」

「いえ、そのようなことは……」

弥次郎は怪訝《けげん》な顔をした。

唐十郎がつる源を出てからのことを話すと、弥次郎は、

「そいつらは、久野家の者じゃありませんかね」

といいながら表に出てきた。

弥次郎は寝間着の胸元を合わせながら、りつに熱い茶でもいれさせますから入ってください、といったが、唐十郎は断わった。この夜更けに他家の女房や娘を起こして、ことを大袈裟《おおげさ》にしたくはなかった。そうかといって、雨戸近くで話していたのでは、家の中の妻子にまで声がとどく。唐十郎は弥次郎を連れて軒下を離れてから、なぜ、久野家の者と思う、と訊いた。

「今日のお試しの五郎清国、偽物とみましたが……」

弥次郎は、刀身に目を射るような鮮烈な冴えがなかったことに加え、斬首後の刀身に、五郎清国特有の紅牡丹が出なかったことをあげた。どうやら、弥次郎も同じ疑念を抱いたらしい。

「おれも、五郎清国は偽物と気付いた。だがな、たとえ、偽物であっても、口封じをするつもりなら、はじめから試刀など頼むまいが」

「そうでしょうな」

弥次郎は同意した。

「それに、襲撃した者たちが久野家の家臣と決まったわけではない」

「あるいは、切腹した新井安之介の所縁《ゆかり》の者かもしれませぬな」

「うむ……」

その可能性はあった。

依頼された介錯だが、首を刎ねた者が逆恨みを受けることもある。そのために、家中の者が介錯人にならずに、市井の唐十郎のような者に依頼があるのだ。

「ともかく、これで終わったとは思えぬ。用心に越したことはない」

唐十郎は、衆を頼んでの襲撃が今後もあるだろうと推測した。弥次郎も小宮山流居合の免許を得た手練《てだれ》だが、複数の敵に囲まれれば簡単には斬り抜けない。居合は出会い頭や一対一の咄嗟の斬り合いには強いが、衆を頼んでの襲撃には弱いところがある。

「若先生も気をつけてください」

弥次郎はそういうと、少し冷えてきたのか襟元を合わせて首を竦《すく》めた。

5

庭には春の陽が満ちていた。唐十郎の家の庭は黒板塀で囲まれ、塀に沿って樫《かし》が植えられていたが、その根元まで午後の陽が射していた。陽を浴びたよもぎやすすきの枯れた株元から新芽が顔を出し、湿り気をおびた黒土から春の匂いがたちのぼっている。

唐十郎は縁先の柱に身をもたせかけ、庭先に目をやりながら冷や酒の入った茶碗を口に運んでいた。供養と清めのための酒である。

庭を埋めた枯れ草の中には、小さな石像が無数に立っていた。身丈《みたけ》は一尺二、三寸だろうか。一つ一つが一体ずつの石仏で、それが思い思いの顔を枯れ草の中から突きだしている。それが、野辺に並んだ地蔵のようにも、枯れ野から首を突きだした狐狸《こり》の群れのようにも見える。

この石仏は近くの石屋に唐十郎が頼んで彫ってもらったもので、背中には首を刎ねた者の名と享年《きようねん》が刻んであった。

唐十郎は己の手で命を奪った者の供養のために、石仏の頭から酒をかけてやり、残りの酒を供養と清めのために飲む。

今も、新しい石仏の背に昨日命を断った新井安之介の名と享年を小柄《こづか》で刻み、並んだ石仏の隅に立てて、頭から酒をかけて合掌《がつしよう》し縁側に戻ったところだった。

幕府の御試御用役の山田浅右衛門は、首を刎ねた者の怨霊を慰《なぐさ》めるために自邸の仏間に豪華な仏壇をしつらえ、斬首者の白木の位牌を並べているという。

また、浅右衛門は斬首の前、その日の刑死者の数だけ仏像の前に蠟燭《ろうそく》を立て、火を点《つ》けて家を出る。これが、世間でいう『浅右衛門の蠟燭』で、刑場で首を刎ねるたびに蠟燭の火がひとつずつかき消えたといわれている。

実際に火が消えたかどうかはともかく、浅右衛門が豪華な仏壇を造り位牌を並べたり蠟燭の火を点《とも》したりするのは、斬首者の供養ではあろうが、結局のところ、首斬りを生業《なりわい》とする己の自己救済の一手段でもあったのだろう。

唐十郎が斬首の後、新しい石仏に名と享年を刻み自宅の庭に並べるのも、浅右衛門と同様に死人の怨霊を慰めるとともに血にまみれた己自身の心の救済の意味もあった。

ただ、唐十郎の場合は、己の生業に対する嫌悪感や罪悪感を持っているわけでもなく、強い仏心があるわけでもなかった。したがって、死者の供養や己の済度《さいど》には熱心ではなく、己の手の内から斬首の感覚が消えるころには、斬殺者のことも忘れることが多かった。だから、新しい仏像を加えたときだけ、それぞれの仏像の頭から酒をかけ瞑目《めいもく》合掌するが、後はうっちゃっておく。

ふだんは雑草一本抜こうとしないから庭は荒れ放題で、今も石像は枯れ草のなかに埋もれ、丸い石の頭だけ出ているものもある。

唐十郎には野晒《のざらし》という異名《いみよう》がある。この名は、野晒し状態で並べられた庭の石仏からきていたが、あるいは、この荒れ野にならぶ石仏の光景が唐十郎自身の心象風景でもあるのかもしれない。

唐十郎は一椀の酒を飲み干すと、傍らの祐広を抜いてかざしてみた。父、重右衛門の形見で、斬れ味の鋭い実戦用の刀である。二尺一寸七分と、やや短く腰反《こしぞ》りで身幅《みはば》も狭い。

片手打ちに五寸の利あり、といわれている。片手で遣うと刀身が長く遣えるだけでなく、太刀捌きにも変化がきくが、刀は短く軽くなければ、自在に使いこなすことはできない。

居合は片手技《かたてわざ》が多く、しかも、一瞬の身の変転と変化の激しい太刀捌きが要求される。したがって、短く軽い刀が用いられる。居合の手練のなかには、一尺九寸前後の短い差料を愛用する者もいる。

祐広の峰《みね》には、無数の打ちこみ傷がついていた。これは重右衛門が多くの敵を斬ってきた証《あか》しでもある。

敵の打ちこみを鎬《しのぎ》で受ければ刀身が折れ、刃で受ければ刃こぼれをおこす。そのため、峰で弾《はじ》くように受けるのだが、ときには敵の刃が喰いこむ。

当時、重右衛門は小宮山流居合の名人と謳《うた》われ、多くの門人を集めていた。居合の神髄は相手より一瞬先に抜き、敵の斬撃を受ける前に斬るところにある。重右衛門の抜刀と一瞬の体捌きは神業《かみわざ》といわれたほど迅《はや》く、鞘《さや》の内《うち》で斬る、と恐れられていた。

したがって、並の遣い手では、刀を合わせることすらできずに斬られたが、それでも、祐広の峰には多くの打ちこみ傷が刻まれている。この無数の傷を見ると、重右衛門がいかに多くの名人達者との真剣勝負を経て小宮山流居合の極意に達したかが偲《しの》ばれる。

唐十郎は五つになると、この父の命で居合の稽古《けいこ》をするようになった。はじめは刀には触れず短い木剣を握って居合の体勢づくりから入り、素振りや基本的な足捌《あしさば》きを学んだ。

体勢は居合腰と呼ばれる両膝を少し曲げやや腰を落とすもので、この体勢は抜刀から納刀まで要求される。居合腰は、敵に対応したとき自然に応じ得る基本的な姿勢であり、腰つきでもある。幼い唐十郎は、この体勢を自然に身につけるために腰に砂を詰めた布袋を巻きつけて道場に立った。

二年ほど経ち七歳になると、重右衛門に真剣を握ることを許された。

居合は一太刀で敵をしとめることを基本としている。したがって、真剣を遣った稽古は、抜きつけの迅さと鋭さを身につけることが主流になる。

まず、小宮山流居合の初伝八勢《しょでんはっせい》を学ぶ。これは、立居《たちい》、正座、立膝《たちひざ》からの抜きつけを基本とする技で、真向両断《まっこうりょうだん》、右身抜打《うしんぬきうち》、左身抜打《さしんぬきうち》、追切《おいぎり》、霞切《かすみぎり》、月影《つきかげ》、水月《すいげつ》、浮雲《うきぐも》からなる。

それぞれの形に合わせて〝一日一千本抜く〟ことが、唐十郎の日課となった。同時に、竹刀《しない》を持っての打ち合い稽古がはじまった。

唐十郎が持つことを許された竹刀は、一尺二寸の短いものである。小宮山流居合は富多流《とみたりゅう》小太刀《こだち》の分派でもあり、小太刀の持つ寄り身と見切りの極意をとり入れていた。

重右衛門は、まず、唐十郎に寄り身と敵の太刀筋の見切りを会得《えとく》させようと小太刀を把《と》らせたのだが、敵に打たれる恐怖心を克服させようとする意図もあった。

敵と真剣で対峙《たいじ》したとき、恐怖心にかられると気はうわずり、身体はこわばって、己の会得した技を出すこともできずに斬られる。平常心で戦いに臨み、居合の間のなかに入るためには、まず、この恐怖心を克服しなければならない。とくに、居合は敵との間合にはいってから勝負をしかけることが多い。恐怖心を抱いていては、はじめから勝負を捨てるようなものなのである。

唐十郎は一尺二寸の小太刀用竹刀で、三尺ほどの竹刀を相手に対峙した。敵を打つためには、どうしても懐に飛びこまねばならず、飛びこむためには、相手の動きを読まねばならなかった。はじめは、末席の門人に軽くあしらわれたが、しだいに、相手の呼吸や動きから太刀筋が読めるようになり、相手の出頭をとらえて小手《こて》を押さえたり、面《めん》を打ってくるところを躱《かわ》して胴を抜いたりすることができるようになった。

天稟《てんぴん》によるのか、技の飲みこみがはやく居合の抜きつけも日に日に迅く鋭くなり、三年もすると初伝八勢はほぼ身につけ、中伝十勢《ちゅうでんじっせい》に進むことを許された。

中伝は前後左右、歩行中、多数の敵、相手の構えなど、さまざまな場面を想定した技で、入身迅雷《いりみじんらい》、入身右旋《いりみうせん》、入身左旋《いりみさせん》、逆風《ぎゃくふう》、水車《すいしゃ》、稲妻《いなずま》、虎足《こそく》、岩波《いわなみ》、袖返《そでがえし》、横雲《よこぐも》からなる。

また、中伝は実戦の場で敵を斬ることを中心に編まれた技で、門人を相手の形稽古となり、敵を斬る間合や呼吸が分かってくる。そうなると、己の技に自信もついてきて、稽古もおもしろくなってくる。

唐十郎が十二歳になったとき、道場稽古で年長の門弟を小手先であしらい嘲笑したことがあった。

それから三日ほど後、重右衛門は唐十郎を庭先に連れていき、門人の運びこんだ死人を斬ってみよ、と命じた。

気がふれ、川に身を投げた若い女だという。通常、試し斬りに婦女の屍《むくろ》は使わないが、引きとり人のいない屍を手にいれるのは容易ではなく、やむをえず運びこんだものなのだろう。衣類を剝《は》ぎとられた女は腹が太鼓のように膨《ふく》れ、ざんばら髪が首筋に絡まっていた。顔も蒼黒《あおぐろ》く膨れ、河豚《ふぐ》のように細い目をしていた。手足の節々が蟹《かに》のように折れ曲がったまま硬直し、嫌な臭いを放っていた。

思わず唐十郎が顔をしかめると、

「おまえに胴は斬れぬ。足でよい」

と片足を斬るように命じた。

太股《ふともも》のあたりに振り下ろした唐十郎の刀は肉をえぐるように斬っただけで、骨を断つこともできなかった。細く蒼みをおびた女の股肉がパカッと花弁のように広がり、白骨の露出した斬り口を目の当たりにして唐十郎は寒気を覚えた。

「死人の足も斬れぬ者が、人を斬れるか」

と重右衛門は激しく叱咤した。

そして、唐十郎の目の前で膨れた女の腹を一刀のもとに両断して見せた。人の腹にこれほどの物が詰まっているのか、と驚かされるほどの臓腑《ぞうふ》が溢《あふ》れでてきた。奇怪で醜悪な臓物《ぞうもつ》は死んだ女の腹の中で増殖していたのではあるまいか、とさえ思われた。その臓物と鼻をつく異臭に、唐十郎は耐えきれずに嘔吐した。

「唐十郎、竹刀での打ち合いだけでは人は斬れぬ。人の斬れぬ剣は、いかに太刀捌きが巧《たく》みであろうと、ただの棒振りにすぎぬ」

といって、重右衛門は慢心した唐十郎を窘《たしな》めるとともに真剣で人を斬ることの至難を教えた。

その後、唐十郎は据え物斬りを学ぶとともに野犬を斬ったり、ときには辻斬りや夜盗を待ち伏せて斬ったりして、人を斬る恐怖心と嫌悪感を払拭し間合と呼吸を身につけた。

唐十郎が十八歳になったとき、重右衛門は奥伝三勢《おくでんさんせい》を伝授した。山彦《やまびこ》、浪返《なみがえし》、霞《かすみ》剣《けん》からなり、敵の呼吸や間積《まづも》りを読んでしかける総合的な技で、これが小宮山流居合の奥義《おうぎ》でもある。そして、この三勢を身につけた者に小宮山流居合の免許が与えられた。

6

小宮山流居合の奥伝三勢までは修行を積んだ門弟にも伝授されたが、同流には密かに伝えられた『鬼哭《きこく》の剣』と呼ばれる必殺剣があった。この剣だけは一子相伝で長年修行を積んだ高足《こうそく》すらその技を見た者はいなかった。

唐十郎が奥伝三勢を身につけた後、重右衛門は深夜の道場に密かに唐十郎を呼んでこの技を見せた。

唐十郎は瞠目した。一見単純そうに見えるが、凄まじい必殺剣だった。

その剣は抜きつけの一閃を逆袈裟に斬りあげ、敵の首筋を切るもので、確実に敵を屠《ほふ》るとともに斬ったときに動きのとまらない利点があった。しかも、重右衛門の見せた敵との間合と踏みこみの鋭さは、他の小宮山流居合のどんな技とも違っていた。

重右衛門は架空の敵を想定して、鬼哭の剣を見せたあと、

「唐十郎、竹刀を構えてみよ」

と命じ、自分は刃引《はびき》を腰に差して相対した。

重右衛門は自然体とも思える高い居合腰で、居合の間《ま》（刀を抜いていないため、抜き合った者同士がとる一足一刀の間よりも近くなる）より、半間ほども遠間《とおま》で立っていた。

星眼で対峙していた唐十郎に、抜きつけの一刀を敵に浴びせるためには、間をつめねばならないが、重右衛門はそのまま突如《とつじょ》前に跳躍したのである。

咄嗟に、唐十郎は星眼から竹刀を振りあげ、重右衛門の面に打ち落とした。

打った！　と思った唐十郎の竹刀は、空を切り、首筋に痛みを感じた。重右衛門の切っ先がはねるように唐十郎の首筋を叩いていたのだ。重右衛門は前に跳躍しながら、空中で抜刀し逆袈裟に斬りあげたのだ。

重右衛門は刃引を納めると、

「唐十郎、なぜ、おまえの切っ先がわしに届かなかったかわかるか」

と問うた。

「いえ」

唐十郎は、その瞬間、父の面を打ったと思ったのだ。

「見切りだ。わしは、おまえの太刀筋を見切った」

「…………」

「それに、わしの二尺一寸の太刀はな、伸びて四尺となるのじゃ」

「四尺……！」

「そうじゃ、片手打ちは五寸の得ありというが、この剣のばあいは、腕だけでなく上体も前に伸びる。ゆうに二尺は伸びような。したがって、おまえの太刀筋を見切って躱《かわ》し、遠間から首筋を切っ先で刎《は》ねることができるのじゃ」

「……！」

「唐十郎、鬼哭の剣の難しさは前に跳《と》ぶことや抜きつけの迅さにあるのではない。まず、敵との間積り。次に、敵がとるであろう太刀筋の見極めにある。どのように迅く抜こうが、闇雲《やみくも》に構えた敵の前に跳べば、まず斬られる。……星眼、下段、上段、八双、どのような構えであろうと、敵はそのままでは斬りこめぬ。星眼や下段は振りかぶらねばならず、上段や八双は一歩踏みこむか、敵が間合に入るのを待ってから、斬りこまねばなるまい。その一瞬の敵の動きを読み、切っ先を見切る」

そういって、床に座した。

「すると、鬼哭の剣は敵の動きを読んで、抜きつけるということでしょうか」

重右衛門はただ闇雲に前に跳んだのではないらしい。敵の動きを読んで間積りをきめ、跳躍の方向や高さ、斬りあげる角度などを微妙に変えているようだ。

「居合の極意は抜刀の迅さにあらず。敵との間積りと見切りにある」

重右衛門はそういうと、灯明の灯《ひ》を消して道場を去った。

後は己で工夫せよ、ということらしい。

その後、門弟のいない夜や早朝に、唐十郎のひとり稽古がはじまった。抜きながら首筋を斬る鬼哭の剣を会得するために、さまざまな構えの敵を想定し、繰りかえし繰りかえし抜いた。そして、敵との間積りや見切りを会得するために、犬を斬った。飢えさせた犬を相手に、その飛びかかる瞬間をとらえて首筋を斬ったのだ。

唐十郎が鬼哭の剣の工夫をはじめて、近隣から野良犬の姿が消えたといわれている。

鬼哭の剣を会得するのに、唐十郎は三年の刻苦の歳月を必要とした。その間、人も斬った。真剣で立合いを求められた剣客をひとり、酒に酔ってからんできた遊び人をひとり、いずれも相手の切っ先を見切って躱《かわ》し、己の切っ先で首筋を刎ねた。

刃引《はびき》を遣っての父との立合いで、跳びこみざま切っ先を喉元一寸でとめて擦《す》れ違うと、

「みごと、あとは斬り覚えるより技を磨く方法はあるまい」

といって、鬼哭の剣の会得を認めてくれた。

その重右衛門が何者かに斬殺された。

唐十郎が二十三歳になったときである。真剣での他流試合を挑まれ敗れたらしいのだが、相手の名も素性も知れなかった。

門弟の知らせで神田川縁《べり》の空き地に唐十郎が駆けつけると、右腋から下腹にかけて斜めに腹を斬られた重右衛門の死体が横たわっていた。重右衛門は股立ちをとり襷で両袖を絞り、祐広を抜いたまま死んでいた。

唐十郎は震撼した。重右衛門は鬼哭の剣で敗れたのだ。逆袈裟に斬りあげた体勢のまま倒れている父の姿から、鬼哭の剣を遣ったことは明らかだった。

父の握っていた祐広を見ると、物打《ものうち》(剣尖より三寸ほど下)の刃先にわずかな刃こぼれがある。鬼哭の剣が相手の刀にはねられたのかもしれない。

傷は一太刀、右腋から下腹ちかくまで横に薙《な》ぐように斬られていた。凄まじい胴斬《どうぎ》りだった。女の腹を両断したとき見た臓物が、父の脇腹からも溢れでて、数匹の蠅がその死体のまわりを飛びまわっていた。

父の身支度や刀傷から判断して、闇討ちや集団での暗殺は考えられなかった。敵は並外れた剛剣の主と推察されたが、尋常な勝負であったと認めざるをえなかった。

唐十郎は身震いした。全身に鳥肌《とりはだ》がたち、目が眩《くら》んだ。恐怖だった。剣客としての本能といっていいのかもしれない。父が斬殺されたことの悲痛より、それほどまでの遣い手がいるということに恐怖を覚えたのだ。

重右衛門の死は、唐十郎に恐怖をもたらしただけではなかった。唐十郎と母の生きていくための糧《かて》も奪った。道場主が名も知れぬ剣客に敗れたために、小宮山流居合の名声は地に落ちたのだ。

この時代(天保《てんぽう》年間)、剣術熱が沸騰し竹刀で打ち合う稽古法をとりいれた千葉周作《ちばしゅうさく》の北辰一刀流《ほくしんいっとう》や男谷精一郎《おだにせいいちろう》の直心影流《じきしんかげ》などが江戸の地で隆盛をきわめていたころである。もともと、真剣や刃引を遣った形稽古が中心の抜刀術や居合の人気がなかったところに、重右衛門の不様な敗北は居合離れに追い討ちをかけた。日毎《ごと》に門弟は歯の抜けるように去り、一年もすると道場はすっかり凋落し、残ったのは当時師範代をつとめていた弥次郎ただひとりというありさまであった。

その後、母も病死し、唐十郎はたつきを得るために弥次郎と二人で試刀や介錯をするようになった。

父が斬られてから十年。唐十郎は、多くの人を斬って生きてきた。斬りながら、鬼哭の剣の工夫も重ねてきた。唐十郎の脳裏《のうり》には、父を斬った者の黒い影が今でもくっきりと刻印されていた。いつしか、人を斬ることに痛みを覚えなくなったが、この黒い影に対する恐怖はいつまでも消えなかった。その恐怖が、唐十郎に人を斬らせているといってもいいのかもしれない。

唐十郎のかざした祐広は庭先から陽の照り返しを受けて、鈍い光を放っていた。

あの日、物打に残っていた刃こぼれはない。いくども研師《とぎし》の手にかかり、わずかながら研ぎ減《べ》らしの感もあるが、そのかわり手にぴったりと馴染《なじ》むようになってきた。

多くの人の血を吸った刀身の刃文は、押し寄せる怒濤《どとう》に似ていることからついた濤《とう》瀾《らん》。地肌には蒼白《あおじろ》く、引きこむような深淵さがある。

唐十郎はその深淵の底に、父の腹から溢れでた臓腑を思い浮かべていた。醜悪だった。女の腹から出たものと同じ奇怪で醜悪な臓物が、斬り合いの非情さと過酷さを唐十郎の胸に刻印していた。

唐十郎は、祐広の持つ蒼みを帯びた刀身の深淵の暗さのなかに、鬼哭の剣でも通じなかった真剣勝負の酷烈さと斬殺された者の怨念を見ていた。

そして、父を斬った者の黒い影が重くのしかかり、いつまでも拭《ぬぐ》いきれないでいた。

……いつか、倒さねばならぬ。

それが、己の宿命のように思われた。

そのとき、フッ、と刀身の蒼さが増した。流れる雲に日が陰ったらしい。

庭先で軽い足音がした。足音の方に顔をあげると、着物の裾を尻《しり》っ端《ぱしょ》折りして枯れ草を跨《また》ぐようにして近付いてくる人影があった。

7

貉《むじな》の弐平《にへい》である。

身丈《みたけ》は五尺そこそこ、短軀《たんく》なわりには顔が妙に大きい。眉《まゆ》濃くぎょろりとした目で、貉の名がついた。唐十郎と同じ松永町に住む腕利きの岡っ引きで、ときどき道場に顔を見せる。

「まず、その刀を納めちゃァいただけませんか」

弐平は揉み手をしながら近付いてきた。

「弐平、調べを頼んだ覚えはないが」

唐十郎は試刀や介錯のほかにも、まれに脱藩者の討っ手や上意《じょうい》で家臣を討つ助勢を頼まれたりすることがあった。そんなときは、弐平を使って、相手の素性や事件のあらましを調べさせる。依頼人の話を鵜呑《うの》みにして動くと、逆恨みを買い、身内や縁者から敵と付け狙われることがあるからだ。

長年岡っ引きをやっているせいか、弐平は神田界隈には顔がきくうえに勘がいい。金にうるさいことにさえ目をつぶれば、こと探索や身辺調査には頼りになる男なのだ。

「こちとらに、ちょいと、訊きたいことがありやしてね」

「ほう」

唐十郎は祐広を鞘に納めて、縁先から庭に出てきた。

「近ごろ、大川端や柳原《やなぎわら》通りなどに、辻斬りが出るのをご存じでしょう」

「聞いてはいるが……」

唐十郎の家には、おかねという近所に住む大工の女房が朝晩通ってくる。独り者の唐十郎の世話をしにくるのだが、お喋《しやべ》りで顔を合わせると近所の噂をあれこれ話しだす。そのおかねの口から、近ごろ、大川端や柳原通りに辻斬りが出て、日が沈むと猫の子一匹通らなくなる、と聞いていた。

「柳原通りの反対がわ、花房《はなぶさ》町なんですがね。昨夜、侍がひとり、斬られてやしてね」

弐平は探るような目を唐十郎に向けた。

「ほう、……それで」

「なァに、何かの間違いだとは思うんですがね。花房町で、昨夜、旦那の姿を見かけたってえ、大工がおりやして。それで、こうしておじゃましたってわけなんで」

「御家人ふうの男か」

「へい」

「その侍は、おれが斬った」

どうやら、昨夜襲われたとき斬った武士の吟味《ぎんみ》に弐平が立ち会ったらしい。

「やはり、旦那で……」

「だが、あの男、自分で喉を突いて果てたのだぞ」

唐十郎は、つる源を出たところから数人の武士に尾けられ、襲われたことを簡単に話した。

「それで、旦那を襲ったのはどこの家中の者なんで」

「知るか、それを知りたいのはこっちだ」

唐十郎はまったく身に覚えがないと応《こた》えた。

「そんなことだとは思いましたがね。……死体をひっさらうように運んじまったんで調べようがねえんで」

弐平の話によると、知らせを受けて駆けつけた二人の岡っ引きが死体を吟味しているとき、駕籠《かご》を連れた五、六人の武士が来て、自害したのは家中の者ゆえ我らが引きとる、といって強引に運び去ったというのだ。

「それなら、弐平が調べることもあるまい」

藩や旗本の家臣の自殺者というなら、町方が首を突っこむ筋合いではないはずだ。

「あっしもそう思ったんで、別に駕籠を尾けてもみなかったんですが、岡部《おかべ》の旦那が、急に侍の身元を調べろといいだしましてね」

弐平は唇をひん曲げて、不満そうな顔をした。

岡部というのは、弐平を使っている同心である。

「何か、理由があるのか」

「いえ、あっしの勘じゃァ、南町の妖怪《ようかい》の指図じゃァねえかと」

弐平は猪首《いくび》を引っこめ、おぞけをふるうように体を震わせて見せた。

南町の妖怪とは、この当時南町奉行をしていた鳥居耀蔵《とりいようぞう》こと、鳥居甲斐守忠耀《かいのかみただてる》のことである。蛇のように冷酷かつ執拗にとり締まったので、市民は耀蔵と甲斐守を引っかけて耀甲斐《ようかい》（妖怪）と呼んで恐れていた。

鳥居耀蔵は天保の改革を推進した老中水野忠邦《みずのただくに》の腹心の部下で、天保十二年に南町奉行に栄進し、翌年市中取締掛《しちゅうとりしまりがかり》の任につくと、水野が発令するさまざまな倹約令を過酷なまでに厳密にとり締まり、違反者は情け容赦なく厳罰に処した。

また、儒学者の家に生まれた鳥居は蘭学《らんがく》者を極端に嫌い、渡辺崋山《わたなべかざん》、高島秋帆《たかしましゅうはん》、高野長英《たかのちょうえい》らを目の敵にし、近世洋学史上最大の弾圧といわれる蛮社《ばんしゃ》の獄《ごく》を引き起こしている。

そうした鳥居の暴虐非道な酷吏《こくり》ぶりは江戸市中を黒雲で覆い、唐十郎や弐平のような者まで陰鬱《いんうつ》な気にさせていたのである。

唐十郎は石仏のならぶ叢《くさむら》の前で弐平を振り返り、

「町触れのとり締まりと、かかわりがあるとでもいうのか」

と訊いた。

唐十郎を襲ったのは武士集団である。最近次々に出される奢侈《しゃし》禁止令や物価政策とかかわりがあるとは思えなかった。

「さて、南町には御支配の三廻《さんまわ》りが呼ばれたようでしてね。ただの辻斬り騒ぎじゃァねえでしょうね」

三廻りとは、南町奉行支配同心の、定《じょう》廻り、臨時廻り、隠密《おんみつ》廻りのことで、鳥居はそれぞれの職分に応じて市中に潜行させ、違反者を摘発していた。

「われわれには計り知れぬ、御政道の裏があるのやもしれぬ」

「これ以上のお触れは、うんざりですぜ。富くじから花火、店先で将棋をさすのさえ禁止されたんじゃァ、生きてたってしょうがねえやな」

弐平のいうとおり、水野のとった奢侈禁止令は徹底を極《きわ》め、その統制は日常生活全般にわたり、風俗、娯楽、芸能、出版などあらゆる方面に拡大され、江戸っ子の楽しみのひとつだった夕涼みの花火から店先の将棋さしまで禁止したのである。

こうなると、当然、物が出まわらなくなり市況は停滞し、町全体が陰惨な空気に覆われ、商家や職人は生活が成りたたなくなる。こうした不況は武士の窮乏にもつながり、水野のとった質素倹約の改革に対する不満は怨嗟《えんさ》の声となって江戸の町に急速に広がりはじめていた。

「あっしは、これで……」

「弐平、頼みがあるのだがな」

庭の隅にある枝折戸《しおりど》の方に歩きかけた弐平を、唐十郎が呼びとめた。

「なんです」

「花房町で死んでいた男の身元が知れたら、おれにも知らせてくれぬか」

武士集団の身元が分かれば、襲撃理由も判明するはずだ。

「ようがす。……野晒の旦那、これでどうです」

弐平は口元に嗤《わら》いを浮かべながら、太い指を一本立てて突きだした。

「おい、金をとるのか」

「この世で、頼れるのはお足《あし》だけですからな」

「どうせ、お上の仕事で、死んだ男の身元は探るのだろうが」

「それが、旦那の頼みとなれば、意気ごみが違ってくるでしょう。お足が絡むとなりゃァ、さらに張り切るってもんだ」

「一分か」

「ご冗談でしょう。旦那が、小川町の旗本屋敷で御試しをして、たんまりいただいてるってことは承知してるんで。……十両っていいてえが、二両でまけときやしょう」

「あいかわらず、金の臭いを嗅ぎつけるのは早いな」

弐平が顔を出したのは、ことのついでに唐十郎から金をせしめようという肚《はら》があったのかもしれない。こういうことには手の早い男なのだ。

「それじゃァ、野晒の旦那、ちかいうちにまた寄らせていただきやすから」

そういうと弐平はニヤリと嗤い、跳ねるような足取りで庭先から姿を消した。

8

カリ、カリ、と戸板を引っ搔《か》くような音がする。

すでに四ツ（午後十時）を過ぎていた。唐十郎は道場の方から聞こえてくるかすかな物音に身を起こした。唐十郎の寝所は、道場に続く六畳の部屋だが、板戸一枚隔てているだけなので、かすかな物音でも耳にとどく。

風や庭の樫で野鳥の騒ぐ音ではなかった。雨戸をこじあける音だ。

……押し込みか。

唐十郎は枕元においてある祐広を引き寄せた。

世間は押し込み、辻斬りと物騒である。荒れた剣術道場に夜盗が忍びこんでも不思議はない。唐十郎は、足音を忍ばせ、道場と部屋とを隔てている板戸に耳を寄せた。

押し込みなら退路を塞ぎ、斬って捨てるつもりだった。

板戸の向こうからぶつぶつと呟くような声が聞こえてきた。念仏か呪文《じゅもん》でも唱《とな》えているような低く陰鬱な響きがある。その声はしだいに音量を増し、唐十郎の耳にはっきりと聞こえてきた。

……臨《リン》、兵《ペイ》、闘《トウ》、者《シャアー》、皆《カイ》、陣《ジン》、列《レッ》、在《ザイ》、前《ゼン》……臨《リン》、兵《ペイ》、闘《トウ》、者《シャアー》、皆《カイ》……

……呪文か！

山伏や兵法《ひょうほう》者が、精神統一のために唱える九字の結印《けついん》の呪文である。

唐十郎は板戸を開け放った。

だれもいない。道場内は森閑とし、夜の静寂にとざされていた。唐十郎が雨戸を開けた瞬間、唸《うな》るような呪文は礑《はた》とやんだが、また直《す》ぐに聞こえだし、部屋全体から耳を聾《ろう》するほど大きく響きわたった。

唐十郎は気をしずめ闇に目を凝《こ》らすと、連子窓《れんじまど》の隙間から洩《も》れてくる月明かりに二尺ほどの黒い塊《かたまり》が浮きあがった。そこに、獣のようなものがいる。

……猿か！

立てば身の丈が三尺はあろうかと思われる大猿である。

……奇怪《きっかい》な！

不思議なことに、大猿は、臨《リン》、兵《ペイ》、闘《トウ》、者《シヤアー》、皆《カイ》、陣《ジン》……という呪文に合わせ、気難しい顔をして左右の手で空を切り、指で結印しているのだ。

唐十郎は部屋に踏みこむと、祐広の柄に手を乗せて腰を沈めた。その気配に気付いたのか、ふいに呪文がやみ、猿の指がとまった。大猿は首を竦《すく》めるようにして顔をひねり、唐十郎と目を合わせた。

赤い目が闇のなかに炯々《けいけい》と浮きあがっている。

唐十郎は大猿の目を睨んだまま全身に、抜くぞ、という気勢をこめて、足裏で、トンと床を打った。その途端、大猿は弾《はじ》かれたように横に跳び、柱に飛びつくと一気に天井の梁《はり》まで駆けあがった。そして、闇の中に身を潜《ひそ》めてしまった。

「おみごとでございます」

一瞬間《ま》をおいて、大猿のいた反対側の部屋の隅から低い男の声がした。

振り返って見ると、座している三つの人影があった。いや、三人ではない二人と一匹である。いつの間に梁から降りたものか、二人の脇に寄り添うように座っているのはさきほどの大猿らしい。

「何やつ!」

二人は黒覆面で顔を隠し、部屋の隅に端座していた。装束は鼠染《ねずみぞ》めの筒袖《つつそで》に裁付《たつつけ》袴《ばかま》、腰に黒鞘の脇指《わきざし》を差している。どうやら、夜盗や刺客《しかく》の類《たぐい》ではないようだ。

「ご無礼仕りました。われらに敵意はございませぬ。老中、土井利位《どいとしつら》さまの手の者にございます」

肩幅の広いがっしりした体軀の男が低い声でいった。どうやら、この男が呪文を唱えていたらしい。男の脇にいるもうひとりは、女のように首筋が細く背も低かった。

「老中、土井利位だと」

唐十郎は驚いた。思いもよらぬ幕府の大物の名がでた。

土井利位は古河《こが》藩主で、大坂城代のとき大塩平八郎《おおしおへいはちろう》が引き起こした乱を鎮圧し、その功績が認められて老中に抜擢された男である。現在、老中主座の地位にいる水野忠邦とともに幕閣の中枢にいて幕政の改革にとり組んでいる。唐十郎のような牢人にとっては雲の上の男なのだ。

「拙者、明屋敷番伊賀者《あけやしきばんいがもの》組頭、相良甲蔵《さがらこうぞう》にございます」

「伊賀者か……」

江戸府内で大名や旗本が屋敷替えになったりすると、空屋敷《あき》ができることがある。その屋敷を見まわったり、住みこんで管理する任に伊賀者がついている。相良という男はその伊賀者を束ねている男のようだ。

「伊賀仲間では妖猿《ばけざる》の名でとおっております」

「妖猿だと」

「このように、猿を使い目眩《めくらま》しの術を遣《つか》うからでございましょう」

「…………」

この男、猿を飼い慣らして意のままに動かす術を遣うようだ。さきほどの呪文と猿の奇怪な動きは、敵を惑わし気を動転させ背後から忍び寄って斬りかかるか、手裏剣ででも攻撃する術のひとつなのであろう。

「その昔、伊賀者や甲賀《こうが》者のなかに、忍びの術を遣う者がいたとは聞いているが……」

唐十郎は怪訝そうに首をひねった。

伊賀や甲賀の者が忍びの術を遣い間諜《かんちょう》や隠密として活躍したのは戦国時代で、その後は三代将軍家光《いえみつ》のころまでだといわれている。その後、江戸幕府に召し抱えられた伊賀や甲賀の者は江戸城大奥の警備や普請《ふしん》場の巡視、空屋敷の管理などが主な任務で、このころ（十二代将軍家慶《いえよし》の天保年間）には隠密としての機能は完全に失っていたといっていい。代わって公儀隠密としての役割を果たしていたのは将軍直属の御庭《おにわ》番《ばん》であり、目付《めつけ》配下の徒《かち》目付や小人《こびと》目付も旗本や御家人の行状の観察などには従事したが、多くは世襲でふだんは他の武家と変わらぬ生活をしていたはずである。

市井の一試刀家である唐十郎のような者でも、伊賀や甲賀の者が忍びの術を遣い隠密として活躍したのは遠い戦国のころだと知っていた。

「ご懸念《けねん》はもっとものことでござる。……されど、このような猿を遣っての幻術《まやかし》、奇を衒《てら》うだけで、たいした役にはたちもうさぬ。その証拠に、狩谷どのは猿を見ても心を驚かせず一分の隙《すき》もみせなんだ」

「うむ……」

確かに、修行を積んだ者ならそれほど驚きはしないだろう。

「このように、われら伊賀者のなかには、先祖伝来の忍びの術を密かに伝えておる者もいましてな。なにせ、空屋敷に住みこんでの番や御門の警備だけでは暇をもて余してかないませぬからな」

そういうと、相良は急に目を細めた。

笑ったようだ。その買い主の心の動きに反応するかのように、脇にかしこまっていた大猿が肩を揺すり歯を剝《む》きだして、キィ、キィと笑うように喉を鳴らした。

「もうひとりの御仁《ごじん》は」

相良と並んで座っているもうひとりは、無言で唐十郎を見上げていた。その目が闇の中で白く光っている。

「おう、ここにおるはわが娘の咲《さき》にござる」

「女か……」

見れば、細い首筋や丸みをおびた体の線は女のものだが、黒装束のうえからもひき締まったしなやかな四肢が見てとれる。咲と呼ばれた女は、唐十郎に目礼しただけで表情も変えていないようだ。気丈な娘らしい。

「女ながら、石雲流《せきうんりゅう》小太刀《こだち》を遣います」

相良がいった。

この娘の無駄のないひき締まった肢体は、小太刀の修行によるものらしい。

「先ほど、御老中のご配下といわれたようだが……」

それも唐十郎には信じられぬことだった。

伊賀衆の役職は御広敷番《おひろしきばん》や明屋敷番が主で、御留守居役の支配下のはずである。しかも、明屋敷番などは幕府役職のなかでも末端の役職で、御老中に目どおりするだけでも難しい下士であろう。

このことを暗に臭わせて唐十郎が訊くと、

「これには子細がござる。われらが御支配、御留守居役年寄、夏目五郎左衛門《なつめごろうざえもん》さまと土井利位さまが昵懇《じっこん》でござってな。夏目様のご推挙により、伊賀者のなかから数名の者が、土井さまのご意向で動いてござる。……ゆくゆくは、狩谷どのもお気付きになられようが、本来、御用を仰せつかるべき目付配下の徒目付や小人目付にお指図ができぬご事情がござってな、われらが出番とあいなったわけでござる」

相良は嗄《しわが》れ声で話した。顔は見えぬが、その言葉遣いから判断するとかなりの年配であるようだ。

「それで、おれになに用があって参った。まさか、猿の幻術を見せに侵入したわけではあるまい」

「それでござる」

相良は両膝に手をのせたまま一膝《ひとひざ》進めて、

「われらが、参上したのは、狩谷どのにあらためて五郎清国の御試しをご依頼いたすためでござる」

「五郎清国だと」

唐十郎は思わず声を大きくした。真贋《しんがん》のほどはともかく、久野孫左衛門の屋敷で試したばかりの刀である。

「驚かれるのはもっともでござるが、これには子細がござる。実を申せば、われらは土井さまの命で、五郎清国の所在を追っておりましてな。……先日、狩谷どのが御試しになられた五郎清国は偽物と承知のうえでござった」

相良の話によると、半年ほど前、屋敷内にて五郎清国を奪われ、その紛失を隠すために急遽《きゅうきょ》同じ備前長船派の鍛冶に打たせた贋作だという。

「盗賊か」

「いえ、狩谷さまが介錯なされた新井安之介が盗みだし、何者かに売り渡したようでございます」

「やはりそうであったか」

久野家の体面を傷つけたというのは、そのことであったのか。

「渡した相手は牢人というだけで、いまだに何者か知れませぬ」

「しかし、なにゆえ、偽物と承知で試し斬りを」

「二つ理由がござった。ひとつは、刀の目利きをする者に、偽物が見破られるかどうか。……狩谷どのは簡単に見破られたようじゃが」

「うむ……」

刀身を見たとき、不審そうな表情が顔に出たものであろう。新井安之介の首を刎ねた後、久野孫左衛門が刀身にあらわれるはずの紅牡丹に興味を示さなかったのも、贋作と承知していたためらしい。

「もうひとつは狩谷どのの刺客としての腕でござる」

「すると、花房町で襲撃した者たちは」

「いかにも、久野家の家士にござる」

「それほどまでして、紛失した五郎清国の斬れ味を試せといわれるが、その真意は」

家士の命を賭けてまで腕を試したいと思う裏には、相応の事態が生じているはずである。

「まず、五郎清国をとりもどすために、その腕をお借りしたい」

「おれの腕だと」

「これにも子細がござる」

御小納戸頭取の久野は、土井の片腕として幕閣のなかに勢力を広げているという。その久野を失脚させようという陰謀があり、前将軍家斉公より拝領の五郎清国を紛失したとなれば、敵方に糾弾の口実を与えることになるという。

「敵方といわれたが」

「はっきりしたことは申せませぬが、背後に南町奉行の鳥居様の意向が働いておるのではないかと」

相良は言葉を濁した。

「鳥居耀蔵か……」

唐十郎は妖怪と呼んでいた貉の弐平の言葉を思いだした。市井の試刀家などには計り知れぬ陰謀が、幕政の中枢で動いているような気がした。

「累《るい》はひとり久野さまにとどまらず、土井さまの追放へと及びかねませぬ。……それというのも、ちかごろ評判になっておりますす辻斬りの遣う刀が、五郎清国ではないかとの噂がございます。しかも、辻斬りは、江戸勤番の藩士を狙わず、旗本、御家人などの幕臣のみ狙うのです。……見方によっては、幕府に不満を持つ一党の仕業のようにもとれましょう」

「辻斬りは、意図を持って斬っているというのか」

「はい。……もし、このことが問題になれば、前将軍より拝領の刀の紛失に加え、世情の不安を煽《あお》り、幕府の転覆を謀《はか》る奸賊《かんぞく》に肩入れしたとの讒訴《ざんそ》を、土井さまも受けかねませぬ。……そうなる前に、辻斬りを討ち、五郎清国をとりもどしたうえで、御試しをお願いしたい所存でござる」

「うむ……」

どうやら、ただの辻斬りではないようだ。

「いかがでござる。……ご承知いただければ、この妖猿《ばけざる》と咲とで手筈《てはず》は整えますが」

相良は身を乗りだし、唐十郎の心底をのぞくような目をして見つめた。

「なぜ、おれでなければならぬ」

「と、申されますと」

「久野家は千五百石の大身、家中に相応の手練《てだれ》もおろう」

かりに、久野家にいなくても土井利位は古河藩主でもある。家臣のなかに腕に覚えのある者もいるはずである。

「いえ、どうあっても、狩谷さまでなければなりませぬ。ひとつには、その腕。そして、もうひとつは、試刀家としての目でございます」

「刀の目利きか」

「左様でございます。間違いなく、それが五郎清国であるかどうか、見定める目がのうては、この役つとまりませぬ」

「うむ……。たしかに、おれは試刀家だ。刀の目利きも試し斬りもするが、幕府の権力争いなどに首を突っこむ気はないな」

「狩谷どのには、辻斬りより五郎清国を奪い、斬れ味を御試しいただくだけで結構でござる」

「それならば……」

「ただし、容易な相手でないことはご承知おきくだされィ」

「高くつくぞ」

刀の目利きと刺客の依頼ということになりそうだ。

相手が辻斬りとあれば、町方に追われたり、縁者に恨みを買ったりすることもあるまい、と唐十郎は思った。

「まず、百両用意いたしましたが……」

相良は懐から小布に包んだ物をとりだして、膝先へ置いた。切餅《きりもち》が四つ包んであるらしい。切餅は一分銀百枚を方形に紙で包んだ物で、ひとつが二十五両である。

「さらに出す用意があるということか」

辻斬りは簡単に討ちとれない手練と思っていい。

「相手と人数によりましては……」

「承知した」

断わる理由はなかった。試刀家だが、屍《むくろ》だけでなく多くの生身の者をも斬って生きてきた。権力の一方に荷担をするつもりはないが、相手が辻斬りとあれば、依頼を断わる理由はなかった。

「では、後ほどご連絡もうしあげる」

そういうと相良と娘は半間ほど座したまま退き、次郎《じろう》！　と傍らの猿に声をかけた。次郎がこの大猿の名らしい。

次郎はひょいと立ちあがり、腰を振りながら切餅を包んだ小布を持って唐十郎の前に来ると、包みを床に置いてその結び目を解《ほど》こうとしきりに布端を引っぱりだした。なんとも愛嬌のある仕草である。なかなか解けぬらしく、思案投首《しあんなげくび》の態《てい》で首を捻《ひね》っていたが、諦《あきら》めたらしくそのまま包みをつかんで唐十郎の鼻先へ突きだした。

唐十郎が包みを受けとると、大猿はパッと背後に跳び、そのまま近くの柱から天井の梁へ駆けあがった。

唐十郎がハッと気付くと相良と娘の姿が消え、道場の隅の板戸が一枚はずれている。大猿のおどけた動作に目を奪われていたわずかな隙に、道場から去ったらしい。夜気が動いているが、物音ひとつ聞こえなかった。

9

「若先生、起きてくださいよォ」

襖《ふすま》を叩きながらあげる甲高《かんだか》い女の声に、唐十郎は目を覚ました。

おかねである。おかねは近所に住む六助《ろくすけ》という大工の女房で、唐十郎の母親の病死後、身辺の世話をしに通ってくる。樽のように太った女で、口は悪いが人はいい。

子供がいないせいか、唐十郎をわが子のように思うところがあり、朝夕の炊事だけでいいといってあるのだが、洗濯からときには部屋の掃除までして帰るのだ。

「もう、五ツ（午前八時）を過ぎてますよ。朝餉《あさげ》の用意はできてるんですから、早く食べちゃってくれないと、あたしゃいつまでも帰れやしない」

と襖の向こうでまくしたてている。

どうやら、亭主の六助を送りだし、唐十郎の家に来て朝餉の支度が終わったようだ。

唐十郎は夜具から抜けだすと、急いで着替え、道場の裏手にある井戸で水を汲み、顔を洗ってもどった。

朝餉はしじみの味噌汁と蕪《かぶら》の塩漬け。おそらく、亭主の六助にも同じ物を食わせて仕事場に送りだしたに違いない。おかねは一緒の方が手間も金もかからなくていいと我が家で煮炊《にた》きした物を持ってくることが多い。

唐十郎が朝餉を食べ終え、おかねが台所で洗い物をしていると、弥次郎が顔を出した。昨日、道場に来るように伝言してあったのだ。

「歩きながら話そう」

唐十郎はそういうと、祐広を差して縁側に出てきた。

「若先生、斬り合いなんかしちゃァいけないよ。あたしゃァ、もう、葬式は出したくないからね」

唐十郎の背におかねの大声が追ってきた。おかねは唐十郎の父母の葬式に二度立ち会っている。心配しているのだ。おかねも唐十郎がときには刺客まがいのことをしていることを知っているのだ。

そのおかねに、

「道場をたてなおす相談だ」

といいおいて、通りへ出た。おかねは唐十郎の顔を見れば、この荒れ道場をなんとかしてくださいよ、と口癖のようにいっている。

「若先生、どこへ」

と弥次郎が訊いた。

「弐平のところだ」

弐平の家は同じ松永町にあり、女房に『亀屋《かめや》』というそば屋をやらせていた。そこで、弐平を交《まじ》えて、相良の依頼について相談するつもりだった。

依頼人の話だけを鵜呑《うの》みにするわけにはいかない。相手を知ってかからないと、どんな罠《わな》が仕掛けられているかしれないし、返り討ちにあう恐れもある。

歩きながら、唐十郎は昨夜の出来事をかいつまんで話した。

「百両とは、また大仕事ですね」

唐十郎は弥次郎が承知すれば半分の五十両は渡すつもりだった。そうやって、たいがいの仕事は二人でやってきたのだ。

「どうだ、一緒にやってくれぬか」

「若先生さえ、よければやらせていただきますが」

弥次郎はめずらしく真剣な顔で応えた。相手が相当の強敵であることを、唐十郎の話から察知したようだ。

弐平は店にいた。まだ暖簾《のれん》は出してなかったが、準備をしていたらしく弐平は襷がけで調理場から出てきた。

「ヘッ、ヘッ、首斬り屋が二人お揃いで、そばを食いに来たわけじゃァねえんでしょう」

弐平は襷をはずしながら飯台に腰を落とすと、二人に探るような目を向けた。

「花房町で、おれが斬った武士は久野家の者らしいな」

「ヘェ、それじゃァ、あっしが調べるまでのこともなかったわけで」

「今日はほかに知りたいことがあってきた」

「なんです」

「弐平、このところ頻繁《ひんぱん》に辻斬りが出るそうだな」

「へい、まァ、そんな噂で……」

弐平は毛深い腕を左手で擦りながら、言葉を濁した。この男、ただでは喋らないのだ。唐十郎が小粒銀を握らせて、辻斬りの腕のほどを訊くと、

「それがひとりや二人ではねえようなんで」

「ひとりではないのか」

唐十郎は、相良が相手と人数にもよる、といったのを思いだした。どうやら、数人の辻斬りがいるようだ。

「そいつら、徒党を組んで襲うのか」

「いえ、三、四人腕のいいやつがいて、それぞれ別の場所に出るようなんで」

弐平の話によると、斬り口が違うし、現場を目撃した者の話からも違う人物であることは確かだというのだ。

出る場所は、柳原通りの筋違御門《すじかいごもん》近くの火除地《ひよけち》、和泉《いずみ》橋近辺、それに大川端の薬研《やげん》堀界隈《ぼりかいわい》、浅草《あさくさ》方面に溯《さかのぼ》って黒船《くろふね》町や材木《ざいもく》町の寂しい地だという。

「それが、不思議と、あっしらが網を張ってるときは出ねえんで」

そのため、町方もなかなか素性がつかめないという。

「それに、町方の連中も御用にするつもりで、本気で探っているのではあるまい」

今、同心や岡っ引き連中は改革の名のもとに次々に出される町触れのとり締まりのため、南町奉行の鳥居耀蔵の厳命を受けて奔走《ほんそう》している。本気で辻斬りを捕縛しようという気など起こらないはずだ。

「あっしら、辻斬りより妖怪の方が怖えからね」

「弐平、探ってもらえぬかな」

「なんです」

弐平は首を傾げて、惚《とぼ》けた顔をして見せた。

「辻斬りだ。そいつらの素性と、剣の腕。何流を遣うか分かるとありがたいが」

「野晒の旦那、だいぶ、大きな仕事のようで」

弐平はぎょろりとした目で、唐十郎の顔を見上げながら、掌《てのひら》を開いて鼻先に突きだした。

「なんだ」

「へへッ、だいぶ入ったんでしょうな」

金の催促らしい。

「五分か」

「旦那、冗談じゃァありやせんぜ。相手は辻斬りだ。あっしだって、命がけでさァ。それに、妖怪だって気にしなけりゃァなんねえ。五十といいてえとこだが、五両でまけとくといってるんですぜ」

弐平は顔を真っ赤にして、丸い目をぎょろぎょろさせた。

「分かった。五両出そう」

唐十郎が懐から五両出して飯台の上に置くと、弐平は、今回は庄吉《しょうきち》と又八《またはち》も使いやしょう、といって金をつかんで懐中にねじこんだ。庄吉と又八というのは、弐平の使っている若い下っ引きである。

弐平が金を懐中にしまったとき、奥から弐平の女房のお松《まつ》が顔を出した。

「おまえさん、ちょいと、出かけてくるよ」

そういうと、唐十郎と弥次郎に挨拶をし、下駄をつっかけ尻をふりふり出ていった。島田髷《しまだまげ》に簪《かんざし》、萌黄地《もえぎじ》に藤《ふじ》を染めあげた小袖と揃いの帯、禁制の絹や本繻子《ほんじゅす》を使用してはいないが、そば屋の女房にしては派手な身なりだった。年も二十歳《はたち》そこそこと、四十過ぎの弐平には、若過ぎる女房である。

「ヘッ、へへへ……」

と弐平が女房を見送りながら、常磐津《ときわず》でさァ、といって鼻の下を長くした。どうやら、師匠のところに習いにいくらしい。

この女房が浪費家なのだ。おまけに、弐平はこの女房のいいなりになっている。今、唐十郎からせしめた五両も、すぐにこの女の稽古代や着物や帯に変わるはずだった。

「旦那ァ、うまいそばをご馳走しますぜ」

弐平は照れくさそうにそういって、調理場にさがった。

そばを食べて外に出ると、通りには春の陽射しが満ちていたが、行き交う人の顔には何か気忙《きぜわ》しそうな表情があった。何となく町は沈んでいて、春らしい華やいだ雰囲気はない。

「町の活気も、御政道しだいですね」

弥次郎がいった。

水野忠邦の命で雨のごとく出される生活統制に関する改革令は、婦女子の衣服や櫛《くし》、簪、菓子や料理の材料にまでおよんでいた。当然、影響は消費者だけでなく生産、販売する職人、商人までおよび、市況は停滞し、町全体が火の消えたように活気がなくなる。奢侈《しゃし》品を扱う商家は軒並み店を閉め、職人は仕事がなくなり、生活に困窮した家は娘を売ったり自殺したり、果ては一家離散の憂き目にあう。

大坂で「御改革《ごかいかく》に付《つき》、身上立行難《しんしょうたちゆきがた》く、是非《ぜひ》なく縊死《いし》す」と書置きして自殺した職人がいたが、大坂町奉行所は町人の分際で御政道を批判するなど言語道断《ごんごどうだん》と葬式を出すことも許さなかったという。

そうした噂がひっきりなしに各地からとどく。そうでなくとも消沈している江戸の町は陰惨な雰囲気に包まれ、酷吏のとり締まりに震えおののく市民の心の底には為政者に対する憤懣《ふんまん》が渦巻いている。

唐十郎と弥次郎が弐平の家から神田川沿いに出て筋違御門の方に歩いていると、背後から追い抜きざま、唐十郎の手に小さく折り畳んだ紙片を握らせた者がいた。十六、七と思われる町娘である。

唐十郎が言葉をかける暇もなかった。町娘は紙片を渡し唐十郎の脇を走り抜けると、すぐに商家の角を曲がってしまった。

紙片には、『玉置稲荷《たまおきいなり》にてお待ちしております、咲』と認《したた》めてあった。

玉置稲荷は神田川にかかる和泉橋を渡り、柳原通りの先にある平永《ひらなが》町にある小さな稲荷で、周囲をこんもりした榎《えのき》で覆われていた。

どうやら咲は、そこで唐十郎に何か伝えたいらしい。

はじめて間近で見る咲の顔は、少年かと思われるほどすっきりした目鼻立ちで、憶する様子もなく真っ直ぐ唐十郎の顔を見つめながら、

「唐十郎様、辻斬りのひとりの所在をつかみました。名は綿貫平八郎《わたぬきへいはちろう》、心形刀流《しんぎょうとう》を遣う牢人でございます」

と小声でいった。

格子縞《こうしじま》の木綿の小袖に亀甲模様《きっこうもよう》の後ろ帯、小店《こだな》の娘のような質素な身形《みなり》だが、ほっそりとした体には若鮎のようなしなやかさがある。まだ、男は知らぬらしく、色白で女らしい澄んだ目をしているが、物腰にはどこか男を拒絶するような硬さを秘めている。

「綿貫……」

綿貫平八郎の名には覚えがあった。心形刀流、伊庭《いば》道場の高足でかなりの遣い手だと聞いていた。

心形刀流は伊庭是水軒《ぜすいけん》が天和《てんな》年間に開創した流派で、その子軍兵衛《ぐんべえ》が後を継ぎ代々軍兵衛の名を世襲し、江戸の地で多くの門人を集めていた。伊庭道場は下谷《したや》にあり、当時神田お玉《たま》ケ池《いけ》にあった千葉周作の北辰一刀流、神田まないた橋の斎藤弥九郎《さいとうやくろう》の神道無念流《しんとうむねんりゅう》、京橋《きょうばし》アサリ河岸《がし》の桃井春蔵《もものいしゅんぞう》の鏡新明智流《きょうしんめいちりゅう》、と並び江戸の四大道場といわれていた。

綿貫は酒に酔うと女癖が悪く、夜鷹や岡場所の女をおもしろがって斬ることから、道場主の伊庭軍兵衛の勘気にふれ破門になった男である。

「やっかいな相手ですな」

弥次郎が口をはさんだ。

弥次郎も綿貫のことは知っている。伊庭道場の高足というだけでは恐れることはないが、綿貫は道場を破門になってから、渡世人の用心棒のようなことをして食いつないでいた。最近、綿貫の噂は耳にしなくなったが食いつめ牢人や遊び人などを多数斬っているはずである。人を多数斬ってきた男は、道場の稽古を積んできただけの者とは一味違う独特の剣技を身につけていることが多い。相手を斬るための間積《まづも》りも心得ているし、抜き打ちぎわの駆け引きにも長じている。

「綿貫が、五郎清国を所持しているというのか」

唐十郎に対する依頼は、辻斬りの討伐ではない。五郎清国をとりもどすことである。

綿貫が五郎清国を所持していなければ斬る理由はないはずだ。

「はい、綿貫は馴染《なじ》みの女に差料《さしりよう》を抜いて見せ、おれの刀は五郎清国という名刀で、人を斬ると紅色の牡丹が浮く、と自慢したそうです」

「うむ……」

どうやら間違いないようだ。

「すでに、我らが手で綿貫の住まいもつきとめております。唐十郎さまの腕をお借りし、五郎清国をとりもどしたいのですが……」

そこで、咲ははじめて唐十郎を見つめていたことに気付いたかのように目をしばたたかせ、かすかに頬を赤らめた。

第二章

鬼《き》哭《こく》啾《しゅう》啾《しゅう》

1

あたりは薄闇に閉ざされ、蓬髪《ほうはつ》のような柳枝が鬱蒼《うっそう》として細風《そよかぜ》になびいていた。五月《さつき》（旧暦）の声を聞いてから、むっとするような暑い日が続いている。ふだんなら、夕涼みに出るころなのだが、そぞろ歩く人の姿はまったくない。

ここは神田川にかかる筋違御門《すじかいごもん》の近くにある八辻《やつじ》ケ原《はら》と呼ばれる広場である。八ツ小路ともよばれ、広場には八ツの道が通じている。それぞれ、昌平橋《しょうへい》、芋洗《いもあら》い坂、柳原《やなぎわら》、筋違橋、須田《すだ》町、駿河台《するがだい》、三河《みかわ》町、連雀《れんじゃく》町へと八方につながり、ふだんは交通の要所で日中は近くの須田町や多《た》町で青物や水菓子などの市が立つこともあり人通りは多いのだが、このところ日が落ちると、ぱったりと人の姿が途絶えてしまう。

辻斬りのせいである。八辻ケ原を柳原通りに向かって少し歩くと、火除《ひよけ》地が広がり神田川の土手近くに植えられた柳の陰から、辻斬りが姿をあらわすことが多い、と市中の噂になっていた。

その柳の樹影の中に、三つの濃い人影があった。一人は黒装束に身を包んだ妖猿《ばけざる》こと相良甲蔵である。もう二人は唐十郎と弥次郎。相良の飼っている大猿の姿はない。

「相良どの、間違いなく綿貫はここに来るのか」

唐十郎が訊いた。

「はい、綿貫は四半時ほど前、米沢町《よねざわ》を出たそうにございます」

米沢町というのは両国広小路《りょうごくひろこうじ》に接している。神田川ぞいに真っ直ぐくれば柳原通りなり、唐十郎のいる火除地へとつながっている。

綿貫は米沢町の仕舞屋《しもたや》に若い女を囲って住んでいるが、そこに人相のよくない牢人を三人呼びこんで酒を飲み、四人連れ添ってこちらに向かっているという。

「そろそろ、咲が知らせにまいりましょう」

咲が綿貫たちの後を尾《つ》け、ここに来る前に知らせる手筈《てはず》になっていた。

「四人となると、簡単には斬れませんよ」

弥次郎は黒羽織を脱ぎ、刀の下げ緒《さおお》で襷《たすき》をかけながら緊張した声でいった。弥次郎も小宮山流居合の遣《つか》い手だけあって、多数を相手にしたときの居合の不利は心得ている。

「そやつらは、徒党を組んで辻斬りをするつもりか」

「はい、近ごろは集団で押し包んで斬るようでございます。こう、辻斬りの噂がたつと、それらしい人影を見ただけで逃げますからな。逃げられぬよう、前後から挟み撃ちにするようです。……なに、綿貫以外はたいした相手ではございません。わしと咲とで、ひとりずつは片付けますから、お二人で綿貫ともうひとり斬っていただければ、それで何とかなりましょう」

相良は闇のなかに身を低くしたままいった。

「猿はどうした」

「次郎でございますか。やつは、この柳の並木のどれかに潜《ひそ》んでおります。そのうち、姿をあらわしましょう」

そういうと、相良は目を細めて笑った。

ほんのいっとき待つと、闇の中に人の気配がし、ふいに黒装束の咲が姿をあらわした。まったく、足音がしなかった。忍びらしく、足音を消す術を心得ているようだ。

「咲、来たか」

相良が立ちあがった。

「はい、綿貫と三名の者。いずれも牢人のようです」

「よし、咲とわしは次郎を使い、背後より二人を討とうぞ。……綿貫に幻術《まやかし》はきかぬゆえ、唐十郎どのにお任せいたす」

そういうと、スッと背後に身を引き闇に消えた。続いて、咲の姿も闇に呑まれるようにかき消えた。

二人の姿が消えると、すぐに、柳原通りから数人の足音と話し声が聞こえてきた。どうやら、綿貫たちが来たようだ。

唐十郎は下げ緒で両袖を絞り、股立《ももだ》ちをとった。祐広の柄に右手を添えて居合腰から抜き、真っ向から斬り下ろして体《たい》をひねって刀身を鞘に納めた。

初伝八勢の一つ、真向両断と下段から手首をひねって鞘に納める浮雲とを一連の動作でおこなったのである。むろん、このような技で綿貫を打ち倒せるとは思っていない。体の緊張と肩の凝《こ》りをほぐすためのものである。

「若先生、心形刀流には長刀術もございます。あるいは、足元を薙《な》ぐか下段から袈裟《けさ》に斬りあげてくるかもしれませぬ」

弥次郎が足音のする闇に目を凝らしながらいった。

「承知している」

心形刀流は峰にも刃のついた両刃の長刀を遣い、薙刀《なぎなた》の特性を生かした足元や胴を薙ぐ技を多く遣うことを唐十郎も知っていた。綿貫が五郎清国を差している以上、長刀ということはないはずだが、低い体勢から掬《すく》うように斬りあげてくる可能性はあった。

……どのような技を遣うかしれぬが、構えを見れば分かる。

当初の攻撃はその構えにあらわれる。下から斬りあげる剣なら、低く身を沈めて下段に構えるはずである。

聞こえてくる足音が大きくなり、男たちの話し声が聞きとれるほどに近付いてきたとき、ふいに、唐十郎と弥次郎が潜んでいる前方の闇に提灯の灯《ひ》と人影が浮きあがった。

提灯を持っているのは、女のようである。咲とは違う。かなり背が低い。黒の小袖に白の桟留《さんとめ》の帯。夜鷹《よたか》のような身形《みなり》である。

灯が、ふいに点《とも》ったのは、相良が携帯用の火で懐《ふところ》に忍ばせておいた提灯に火を入れたからであろう。この点火用の火は袖火《そでび》と呼ばれるもので、現代の懐炉《かいろ》のような物と考えればよい。

「おい、女、待てい」

綿貫たち一行の中から声がかかり、足音が急に早くなった。

女は左右に身をよじるようにして闇の中に逃げようとしていたが、その声に立ちどまり、追ってくる綿貫たちの方に提灯をかざした。

……鬼！

一瞬、提灯の灯に浮きあがった顔は、鬼の顔だった。しかも、ケッ、ケケケとい
う地を裂くようなけたたましい哄笑《こうしよう》をあげながら、踊り狂うように身を震わせてい
る。

しかも、奇態なことにその姿がフワリと闇に浮かびあがったのである。空中の闇の
なかで、提灯が左右に大きく振れ、女の着た小袖の裾がばさばさと音をたてて激しく
揺れた。

鬼か、妖怪変化《へんげ》か。人とは思えぬ奇怪な振る舞いである。

綿貫たちは度肝《どぎも》を抜かれたようにその場に突っ立ち、身を硬直させたまま、闇に浮
いた鬼女の姿に目を奪われていた。

その集団の背後に、スルスルと二つの影が忍び寄っていた。相良と咲である。二人
は二間ほどの距離に近付くと、咲は腰の小脇指《こわきざし》を抜き、相良は襟元に仕込んでおいた
手裏剣《しゆりけん》をとりだした。

すぐに、集団の中から悲鳴があがった。ひとりは足音を消して踏みこんできた咲に
脇腹をえぐられ、ひとりは首筋に手裏剣を打たれてその場に蹲《うずくま》った。

「目幻《めくらま》しだ！　気を静めろ」

と長身の牢人が抜刀しながら叫んだ。

この男が綿貫である。下段に構えながら、油断なく闇に目を配り殺気を感じとろうとしている。

「綿貫平八郎か」

その前に唐十郎と弥次郎が進みでた。

「うぬらは」

綿貫と同行したもうひとりの牢人も抜刀し、星眼に構えたまま二人に対峙していた。怒りに目を剝《む》き荒い息を吐いてはいたが、切っ先は震えていなかった。動転し、我を失っている様子はない。相応の修羅場はくぐってきた男なのだろう。相良と咲に討たれた二人は闇に倒れたまま呻《うめ》き声をあげていた。

唐十郎と綿貫との間合《まあい》は二間。下段に構えた綿貫の刀に唐十郎は目をやった。刀身はおよそ二尺三寸、切っ先は大帽子《おおぼうし》。冴《さ》えのほどはわからないが、闇の中で蒼《あお》く光る刀身には名刀の深みが感じられる。

どうやら、五郎清国の特徴を備えているようだ。

「小宮山流居合、狩谷唐十郎」

「同じく、本間《ほんま》弥次郎」

二人は足の指先を地面にするようにして、スッと間合をつめた。

柄に右手を添え、居合腰で敵との間積《まづも》りを読む。石を割ったような静寂が対峙した四人を包み、闇に刺すような殺気が走る。相良と咲、それに闇に浮いた鬼女の姿はどこに消えたか、漆黒《しっこく》の闇深く寂寞《せきばく》として物音ひとつしない。

2

「うぬらは、久野孫左衛門《ひさのまござえもん》が手の者か！」

綿貫に同行した牢人が、緊迫した場に耐えられぬように間《ま》をはずし、甲高《かんだか》い声で誰何《すいか》した。すかさず、弥次郎が足を運び、間合をつめる。

「われら二人は試刀を生業《なりわい》とする者、おぬしらの身で斬れ味を試す所存」

唐十郎はじりじりと間合をつめながら、綿貫の呼吸を読む。

間合は一間半。まだ、一足一刀の間境《まざかい》にも入ってはいない。綿貫にも、一気に斬りこんでくる気勢の昂《たか》ぶりはない。

「試刀だと、血迷ったことをいうわ」

綿貫は下段に構えたまままわずかに刀身を倒し、袈裟にはねあげる気配を見せた。グッと切っ先に気勢が乗り、全身に気魄《きはく》が漲《みなぎ》る。

下段から脇に引きながら前に踏みこみ、間合に入った刹那《せつな》、袈裟に斬りあげる剣だ。綿貫の体が異常に低い。尋常の遣い手なら低い相手には上から斬り下ろすが、これだけ低く構えられると切っ先が円を描くために空を切る。綿貫の剣は、敵に空を切らせておいて両腕か膝元を狙《ねら》って斬りあげるものだ。多くの人を斬ってきた殺人技といっていい。

……鬼哭《きこく》の剣を遣うしかあるまい。

唐十郎は、尋常の居合の技では切っ先が届かないことを咄嗟《とっさ》に読みとった。

先に動いたのは、弥次郎と対峙していた牢人だった。一足一刀の間合に入った刹那、星眼から振りかぶりざま甲高い気合を発して、一歩踏みこんだのだ。そのまま真っ向から斬り落とすつもりだったようだが、一瞬、弥次郎の沈んだ腰がわずかに伸び、抜きつけの一閃が横一文字に走った。

小宮山流居合、稲妻《いなずま》。

上段から間合に入った相手の胴に、抜きつけの一刀を横一文字に払う。片手斬りのため切っ先が一尺ほど伸びるうえに、切っ先一寸の浅斬《あさぎ》りで薙ぐため遠間《とおま》からしかけられるが、わずかな遅れと間積りの過《あやま》ちで、敵の真っ向からの攻撃をまともに食うことにもなる。一瞬の抜きつけの迅《はや》さと的確な間積りが勝負を決するこの太刀を、稲妻と呼ぶ。

弥次郎の稲妻がみごとに決まった。

胴を横一文字に裂かれた牢人の腹から臓腑が溢《あふ》れ、野獣のような絶叫をあげながら膝を落とした。すかさず、弥次郎は一歩踏みこみ、蹲《うずくま》った牢人の頭上に、イヤアア、という裂帛《れっぱく》の気合を発しながら真《ま》っ向幹竹《こうからたけ》割りに二の太刀を浴びせた。

頭蓋《ずがい》が割れて、刀身が鼻のあたりまで食いこむ。その刀身を手前に引き抜くと同時に、血を散らせながら牢人は弥次郎の足元に崩れ落ちた。即死である。

唐十郎と綿貫は一間余の間合をとり、対峙したまま両者の放つ剣気の磁場《じば》のなかにいた。牢人が弥次郎に斬られたとき、一瞬、綿貫の顔に苛立《いらだ》ちの表情が走ったが、それもすぐに消えた。

綿貫は低い下段のまま、じりじりと間合をつめていた。ときどき、ピクッ、ピクッと切っ先が沈む。居合が低い下段に対してしかけづらいことを知ったうえで、誘いをかけているのだ。

唐十郎は間を読んでいた。敵の意表をついて、一足一刀の間境を越える直前にしかけるつもりだった。

下段から逆袈裟に斬りあげるためには刀身を返さなければならない。そこにわずかな間が生ずる。その間を読んで、敵の出頭《でがしら》をつく。

鬼哭の剣の神髄《しんずい》である先々《せんせん》の先《せん》である。

先《せん》とは剣法における勝つ機会のことである。古来より各流派は先（勝つ機会）をいくつかに分けてとらえているが、おおまかに「三つの先」に大別される。すなわち、先々の先、先、後《ご》の先である。先々の先とは、相手の打突《だとつ》を予知したうえで相手より先に攻撃して勝ちを制する機会である。

綿貫の右足が前に出ようとした刹那、唐十郎の体が敵の左前に大きく跳《と》んだ。跳びながら、唐十郎の祐広が一閃した。

綿貫が刀身を返し、逆袈裟に斬りあげる。が、その切っ先は唐十郎の左膝をかすめただけで空を切る。

両者は一瞬の動きで交差し、すれ違って動きをとめた。

綿貫の首筋から、黒い棒のように血が噴出した。唐十郎の切っ先が綿貫の首の血管《ちくだ》を切ったのだ。

綿貫は、棒立ちになったまま動きをとめていた。一瞬、己《おのれ》の首筋から噴きあげる血飛沫《しぶき》に気付かなかったのかもしれない。

ヒュー、ヒュー、と闇のなかに血の噴出する音だけが響いた。荒野で啾々《しゅうしゅう》と霊鬼の哭《な》くような音だった。

鬼哭の剣は、この血の噴出する音から名付けられたものだ。

一瞬、間をおいて、綿貫は血を噴きあげる己の首筋を押さえた。指間から血が八方に散る。喉元から、フッ、フッと女の含み笑いするような音が聞こえた。気道から洩れる息と噴きだす血が絡まっているのだ。

首筋を押さえたまま仁王立ちしていた綿貫が、突然朽《く》ち木のように闇に倒れた。

唐十郎は祐広を八双《はっそう》にとって、残心《ざんしん》の構えをとったまま己の気勢を鎮《しず》める。呼吸が整うと、祐広の血振《ちぶ》りをし、綿貫の袖口で血糊《ちのり》を拭《ぬぐ》って納刀した。

唐十郎は綿貫の手から刀をとりあげ、かざして見た。

「若先生、いかがでございますか」

弥次郎がそばに来ていた。

「うむ……。五郎清国にしては、目を射るがごとき冴えがないが……」

星明かりに浮かびあがった刀身に、清冽《せいれつ》な冴えがない。

「いかがでございましょうか、お試しいただいては」

いつの間に来たのか、背後で相良の声がした。

振り返って見ると、相良と咲、それに大猿が闇に身を隠すようにして蹲《うずくま》っていた。大猿の顔の上に小さな鬼面が縛りつけられている。どうやら、先ほどの鬼女の役は、この猿が果たしたらしい。空に浮いたように見えたのは、柳の枝にでも飛びつき体を揺すったものであろう。

「弥次郎、すまぬが、綿貫の体を起こしてくれぬか」

「心得ました」

弥次郎は綿貫の体を起こし、足を組んで座らせた。

綿貫の首は、がっくりと前に垂れ首筋や胸元は血に黒く染まっている。すでに体内の血は出尽くしたとみえ、出血はとまっていた。

唐十郎は座した綿貫の脇に立ち八双の構えから、手にした刀を一閃させた。

ゴッ、という頸骨を断つ音を残して、首が黒い塊《かたまり》となって闇に飛び、首を失った胴が仰向《あおむ》けに倒れた。土手を転がる綿貫の首の音が聞こえたが、それもすぐにやんだ。静寂のなかで、唐十郎は残心の構えを八双にとったまま、静かに息を吐き呼吸を整えた。

「いかがでございます、斬れ味は」

弥次郎が訊いた。

「大業物《おおわざもの》とまではいかぬな」

「すると」

「おそらく、偽物……」

「まさか」

咲が驚いたような顔をした。

「おそらく、備前長船派の刀工の鍛えたものであろうが、五郎清国の模造刀《うつし》」

「この者は、己の差料《さしりょう》を五郎清国と自慢しておりましたが……」

咲が小声でいった。

「どこで手にいれたものか、おそらく、自分では五郎清国と思っていたのであろうな」

「無駄骨に終わったようでございます」

相良がいった。

「だれが五郎清国を所持しているか、分からぬということか」

「敵も策を講じておるようで……」

相良が立ちあがって、腰を伸ばした。

脇に控えていた大猿も立ちあがり、相良の真似をして腰を伸ばすような仕草をすると、唐十郎の方に赤い顔を向け、ニヤリと嗤《わら》うように歯茎《はぐき》を剝《む》いた。

3

貉《むじな》の弐平は大川端で張《は》っていた。辻斬りが出ると噂のある黒船町。人気のない材木置き場に身を潜ませて、ここ数日闇に目を光らせていた。

弐平が辻斬りの姿をとらえたのは、張りこんで三日目だった。旗本か御家人と思われる二人の武士が大川端の道を何やら話しながら通りかかったが、立てかけた材木の陰から二人の背後に走り寄る人影があった。

蓬髪痩身《ほうはっそうしん》、着流しの牢人に見えた。

足音に気付き、「何者!」と誰何する声とほとんど同時に、背後から走り寄った牢人の刀が一閃した。抜き打ちに真っ向から斬りつけたのだ。

ガッ、という頭蓋を断ち割る音とともに、振り返った武士の頭部が二つに割れたように見えた。悲鳴も呻《うめ》きもなかった。叩き潰されたように武士はその場に崩れた。

ギャッ、という悲鳴をあげたのは、そばにいたもうひとりの武士だった。襲撃者の凄まじい斬撃に驚愕《きょうがく》し、よろよろと後退《あとずさ》った。戦意を喪失し、柄に手を置いたまま抜こうともしない。

すかさず、牢人は後を追い鋭い寄り身で間合をつめると、低い気合を発して胴を薙いだ。グッという呻き声とともに武士の体が二つに折れたように前に傾げた。腹部を両断するほど深くえぐられたのだ。

……出やがったぜ。

弐平は材木の陰に首を竦《すく》めた。辻斬りだ。一瞬のうちに二人の武士を斬りたおしている。とてもかなう相手ではなかった。潜んでいることが知れたら、おれの首が飛ぶ、と思い、弐平は息をひそめた。

二人の武士を斬った牢人は、血濡《ちぬ》れた刀身を月明かりにかざして見ていた。月光を反射した鈍い光に、牢人の顔がぼんやり浮かびあがる。顎に刀傷があり、頬のこけた蒼《あお》白い顔が死霊のように不気味だった。浪人は刀身を見つめながら目を細め、フッ、と嗤ったような表情を浮かべた。

弐平は身震いした。ただの無頼《ぶらい》牢人ではない。骨の凍《こお》るような悽愴《せいそう》さを漂わせている。長年岡っ引きとして生きてきた弐平の本能が、この男に近付くのは危険だ、と教えていた。

牢人は倒れている武士の袂《たもと》で刀身の血を拭うと、鞘に納め、ゆっくりと歩きだした。

何ごともなかったように飄然《ひょうぜん》と歩いていく牢人の後を、弐平は半町ほども間をおいて尾けた。

牢人は大川端を諏訪《すわ》町、駒形《こまがた》町と歩き、吾妻《あづま》橋を渡って本所の番場《ばんば》町に出て、東《とう》妙寺《みょうじ》の裏手にある板塀を巡らせた町道場らしき建物の中に入っていった。

……こいつァ、野晒《のざらし》の旦那ンとこといい勝負だぜ。

弐平は板塀の隙間から中をのぞいて呟いた。

手入れをしない庭は枯れ草に埋まっていたし、軒先の板庇《いたびさし》は剝《は》げ落ち柿葺《こけらぶき》の屋根にも夏草が生えていた。

荒れてはいたが、道場内には人がいるらしく灯明《とうみょう》があり、数人の話し声がした。障子に映じた人影はどれも男のものだった。

……ここが辻斬りの巣だな。

酒盛りでもやっているらしく、中からは男の下卑《げび》た嗤いや話し声が洩れてきた。牢人らしい言葉遣いで声高にやりあっている。

弐平は板塀の隙間からなかに忍びこもうと朽ちた板に手をかけたが、思いとどまった。

なかにいるのは、夜盗や遊び人とは違う。かなりの遣い手と思っていい。見つかったら命がねえ、と弐平は二の足を踏んだ。

弐平がその場を離れようとしたとき、玄関の方で足音がした。急いで板塀に張りつくようにして身を隠し、足音のした方に目をやると、黒羽織に袴姿の武士が玄関先に立って低い声をあげた。

おやッ、と弐平は思った。伴《ともな》ってきた中間《ちゅうげん》のかざした提灯《ちょうちん》の灯に浮かびあがった武士の横顔に見覚えがあったのだ。

……あれは、矢部頼三郎《やべらいざぶろう》さまのようだが……。

弐平は南町奉行所に出入りする矢部の姿をなんどか目撃していた。矢部は書物奉行渋川六蔵《しぶかわろくぞう》の腹心の部下で、渋川が奉行の鳥居耀蔵と昵懇《じっこん》の間柄であったことから主人の意を受けての来訪が多かったのだ。

このとき、渋川は鳥居と並ぶ水野忠邦の側近で、水野の三羽烏《がらす》といわれ、江戸市中で贅沢《ぜいたく》とり締まりなど果敢に実践していた。ちなみに、三羽烏のもう一人は御金《ごきん》改役《あらためやく》後藤三右衛門《ごとうみつえもん》で、この三人が側近として隠然たる力を発揮し、水野の政策を末端に浸透させるために手を結んでいたのである。

……そういうことかい。

弐平は辻斬りの牢人たちの背後に鳥居や渋川がいることを察知した。

弐平は身震いした。唐十郎から、辻斬りの素性を探ってくれと頼まれたときから、背後に何かあるとは思っていたが、鳥居や渋川が絡んでいるとまでは考えていなかったのだ。

このところ頻繁に、水野の改革に批判的な大目付、遠山左衛門《とおやまさえもん》の用人や勘定奉行《かんじょうぶぎょう》、跡部山城守《あとべやましろのかみ》の配下の与力、そして蛮社《ばんしゃ》の獄《ごく》の難を逃れた蘭学者などが辻斬りの手にかかっていた。偶然にしては、鳥居たち水野派にとって都合がよすぎた。辻斬りたちの背後に、鳥居や渋川たちがいるとすれば納得できるのである。

弐平は道場内の会話を聞きとろうと耳を立てたが、矢部がなかに入ってから話し声はやみ、障子に映じた人影がかすかに動くだけだった。

一時《いっとき》(二時間)ほどすると、矢部は中間の持つ提灯に先導されて夜道を帰っていった。

……どうすりゃァいいんだい。

弐平の震えはなかなかとまらなかった。

相手が大物すぎる。牢人たちを探っていることが分かれば、こっちが始末される。

……だが、金をもらっちまったんだ。

とにかく、五両分の調べはしよう、と肚《はら》を決めた。

板塀のそばを離れ、ちかくの大川端でそば屋を見つけると、弐平は暖簾《のれん》をくぐった。

「とっつァん、番場町に腕のいい先生がいるってな」

そばを運んできたおやじに、弐平は柄《がら》にもなく竹刀を振る仕草をして見せた。まず、道場主の名を訊きだすつもりだった。

「剣術《ヤットー》の先生で」

おやじは怪訝な顔をした。

「おかしいか。こう世の中が物騒じゃァ、竹刀のひとつも振れねえと生きちゃァいけねえぜ」

弐平は勢いよくそばをすり上げた。

「まったくで……。ですが、旦那、あそこはだめで」

「どうしてだい」

「ひと昔前までは、心形刀流の木村《きむら》道場といえば、ちったァ、名の知れた道場だったらしいんだがね。近ごろは、剣術の稽古なんてしてやァしませんぜ」

「なぜだい」

「木村新九郎《しんくろう》ってえ、大先生が死んでから、柄のよくねえ牢人が入り浸《びた》るようになってね。倅《せがれ》の猪之助《いのすけ》ってえのが、よくねえ。若いくせに酒に女好きときてるから、始末におえねえ。……わりいことはいわねえ、あそこにゃァ、近付かねえ方が利口だぜ」

おやじはしかつめらしい顔をした。

「ところで、書物奉行の渋川さまだがな。ちかくで女でも囲ってんのかい」

弐平は木村道場と渋川のつながりも聞いてみるつもりだった。

「渋川だと……。知らねえなァ」

おやじの顔に憎悪と警戒の表情が浮いた。渋川が鳥居と手を結んで、ちかごろ市民を苦しめているさまざまな禁止令に従い、情け容赦なくとり締まっている張本人のひとりであることを知っているのだ。

「道場のちかくで、渋川さまの家来の姿を見かけたもんでな」

「そういやァ、木村道場には旗本らしいお侍さまが来るようだが……」

おやじは訝《いぶか》しそうな顔をした。

「ときどき来るのかい」

「し、知らねえ。……悪いこたァいわねえ、あそこの道場とかかわりをもたねえほうがいいぜ。妖怪の手先にでも引《ひ》っ括《くく》られたら、剣術どころじゃァねえやな」

「妖怪といやァ、南町かい」

「そうよ。渋川も妖怪と同じ穴の貉よ」

渋川と鳥居の関係から、背後に酷吏《こくり》の影のあることを感じとっているのか、おやじは怖気《おぞけ》立つように首を竦《すく》めて見せた。

「貉かい……」

弐平は猪首《いくび》を引っこめてばつの悪そうな顔をした。

「そうよ、おめえも、化かされねえように気をつけなよ」

「ああ……」

弐平はそばを二口ほどすすったところで、飯台の上に銭を置き、

「おやじ、ここのそばはうめえな」

といって顔を崩した。

「そうかい……」

おやじはまた訝しそうな顔をした。

うまいといったわりには、弐平が二口ほどすすっただけで箸《はし》を置いたからだ。

「おらァ、そば屋よ。うまいそばは、食い飽きてるんでな」

そういうと、弐平は亀のように猪首を伸ばして立ちあがった。

4

貉の弐平は下っ引きの庄吉と又八も使って、慎重に木村道場の周辺を探った。木村道場に出入りする牢人は思ったより多く、数十人はいた。いずれも得体の知れぬ無頼牢人たちだったが、とくに腕のたつ牢人は三人だった。弐平はこの三人の身辺を念入りに探った。どうやら、ひとりで動く辻斬りはこの三人で、あとの牢人たちは徒党を組んで襲うことが多いようだった。

さらに、小人目付の三好甚蔵《みよしじんぞう》という男が、人目を忍ぶようにしてときどき道場内に出入りすることもつかんだ。この三好は鳥居の配下で、蛮社の獄のとき背後で蘭学者たちの動静を探った男として知られていた。

同心や岡っ引きたちは三好のことを密かに、三味線堀《しやみせんぼり》の狐火《きつねび》と呼んで、半ば蔑視し、半ば恐れていた。三好の屋敷が三味線堀にあり、浅黒い顔をし、鼻を突きだすようにして歩いている風貌が狐に似ていることもあったのだが、三好が鳥居の情報収集役として調査、探索にあたり、妖怪の身辺を飛びまわる狐火のように、ちろちろと見え隠れしていたからである。

今も、鳥居は三好と頻繁に会っていた。弐平のような岡っ引きにも、奉行所内で密会している二人の姿が目にとまるのだから、密接な関係と思っていいのだろう。

弐平が木村道場に出入りする牢人のひとりにそれとなく近付き、聞きだしたところによると、三好が鳥居の意を受けて、金と仕官を餌《えさ》に腕のいい牢人を江戸や近隣諸国からかき集めたようだ。

……狙いは、水野さまに反対する連中を消すことだな。

弐平は背筋が寒くなった。深い闇のなかで、突然、妖怪とその周辺を飛びまわる狐火に出くわしたようなものだった。しかも、その闇のなかには、弐平などには手の届かない政治上の権謀術策が渦巻いているのだ。

そのうえ、木村道場に顔を出すのは三好や矢部だけではなかった。ときどき、鳥居に尾を振っている同心や岡っ引きまで姿を見せる。さすがに、牢人たちと同席することはなかったが、密かに依頼された探索や調査の結果を三好に伝えているようだった。おそらく、お上に反逆する者の粛清、とでもいって同心たちに、反水野派の先鋒たちの動向を探らせているのであろう。

……これで、調べはおしまいだな。

と弐平は思った。

商売がら、同心や岡っ引きとは顔馴染《なじ》みである。そういう連中の口から、いつ木村道場を探っていたことが三好や鳥居の耳に入らないともかぎらない。岡っ引きふぜいが南町奉行の鳥居の周辺を嗅《か》ぎまわるなど、命がいくつあっても足りはしないのだ。

ひょっこりと、神田松永町の道場に顔を出した弐平は、唐十郎の顔を見るなり、

「野晒の旦那、これであっしは抜けさせてもらいやすぜ」

と、強い口調でぴしゃりといった。

「五両はどうした。返すのか」

唐十郎は弐平の剣幕に驚いたような顔をした。

「いえ、五両分は調べさせてもらいやしたのでね」

「辻斬りの素性をつかんだのか」

「へえ、まァ……」

「まず、それを話せ」

「腕のいいのは、三人……」

弐平は太く短い指を三本、顔の前に突きだした。

「三人だと」

「まず、木村猪之助。こいつは、心形刀流を遣う。女好きで夜鷹から船饅頭《ふなまんじゆう》にまで手を出してやァがる」

弐平が苦々《にがにが》しい顔をした。

船饅頭というのは、小舟に乗って船頭相手に売春する最下級の街娼である。はじめは、船の船頭に小舟で漕ぎ寄せ饅頭を売ったことからこの名がついた。

「番場町の木村道場か」

唐十郎も木村道場のことは知っていた。木村新九郎という道場主はかなりの遣い手で門弟を集めているという噂を聞いたことがあるが、倅《せがれ》である猪之助の腕は知らなかった。

「旦那が斬った綿貫平八郎も、木村道場に出入りしていたようですぜ」

「うむ……」

同じ心形刀流なら、仲間であっても不思議はない。

「もうひとりは、榊原杏之介《さかきばらきようのすけ》……神道無念流。……こいつは、気味の悪い男だ」

黒船町の大川端で二人の武士を斬ったのは、この榊原だった。弐平はそのときの様子を唐十郎に話した。

「ここんとこに刀傷がある」

弐平は顎《あご》のあたりを指先でこすって、身震いしてみせた。

「榊原は、たしか、撃剣《げきけん》館の門弟だったはずだ」

唐十郎は榊原のことは知っていた。

撃剣館は神道無念流の岡田《おかだ》十松《じゅうまつ》吉利《よしとし》が神田猿楽《さるがく》町に開いた道場で、この門下から江戸の三道場に数えられた練兵《れんぺい》館の斎藤弥九郎が出ている。

斎藤が独立した後も、撃剣館は二代目十松が継ぎ多くの門人を集めていた。榊原はその撃剣館の高足のひとりだったが、残忍な性格で門弟を木刀で打ち殺したり、遊び人をおもしろがって斬ったりしたため十松の逆鱗《げきりん》に触れて破門となった。しばらく、江戸を離れて諸国を流浪《るろう》していると聞いていたが、どうやら舞いもどっているようだ。顎の傷は、流浪中の果たし合いでついたものだろうか……。

「もうひとりは、岩本《いわもと》兵左衛門《ひょうざえもん》。黒の打裂《ぶっさき》羽織《ばおり》を着た六尺ちかい大男で、こいつは、おそろしい剣を遣う」

「おそろしい剣だと」

「腹を二つにぶった斬るんでさァ」

弐平は、別の日に柳原通りで目撃した岩本の辻斬りの様子を話した。三尺にちかい剛刀で、立ったままの相手の胴を両断したという。

「流は」

唐十郎の脳裏に、父重右衛門が斬られたときの光景が浮かんだ。やはり、凄まじい斬撃で立ったまま胴を両断されていた。すでに、十年ちかい歳月が流れているので、同一人物とも思えなかったが気になった。

「甲源一刀流《こうげんいっとう》とかいってやしたが」

「あまり聞かぬ流だが……」

唐十郎は一刀流の分派のひとつだろうと思ったが、甲源一刀流の名に覚えはなかった。この時代、武芸熱が横溢《おういつ》し、江戸市中には雨後の筍《たけのこ》のごとくに剣術の道場が建ち、武士以外の百姓町人までが竹刀を握るようになっていた。流派も様々で、江戸の三道場と謳《うた》われた北辰一刀流、斎藤弥九郎の神道無念流、桃井春蔵の鏡新明智流の繁栄はもとより、直心影流、天然理心流《てんねんりしん》、小野派一刀流《おのはいっとう》、柳剛流《りゅうごう》などの諸流派が鎬《しのぎ》を削《けず》っていた。

なかでも伊藤一刀斎景久《いとういっとうさいかげひさ》を流祖とする一刀流は、多くの分派を生み、江戸の地でも盛んに教習され、北辰一刀流や小野派一刀流以外でも、一刀流中西《なかにし》派から出た天真一刀流《てんしんいっとう》、戸田《とだ》流、浅利《あさり》流などが幅をきかせていた。

唐十郎の知っている一刀流の分派に、胴を両断するような剣技があると聞いた覚えもなかった。

「とにかく、あっしはこれで手を引かせていただきやすから」

弐平は身震いするように肩を揺すった。

「辻斬りの腕に恐れをなしたか」

「へえ……」

弐平は唐十郎の視線を反《そ》らすように首を横にひねった。

「なにも、おれは、三人を斬る手助けをして欲しいなどと頼んではいないぞ」

「野晒の旦那、悪いことはいわねえ。今回だけは手を引いたほうがいい。相手が大物過ぎまさァ」

「鳥居か」

「へえ……」

弐平が猪首をさらに引っこめて眉根を寄せた。

「そんなことだとは思っていた」

相良から、土井利位の名を聞いたときから、辻斬りを斬って五郎清国の斬れ味を試すだけではすまぬ、と察していた。

「鳥居さまだけじゃァねえ、渋川六蔵さまや後藤三右衛門さまもいる。当然、三人の後ろにゃァ、水野さまがお控えなさってる。……あっしら、岡っ引きはお奉行さまの手先の同心に飼われてる犬ですぜ。口じゃァ南町の妖怪などと毛嫌いしちゃァいるが、顔を見るのも畏《おそ》れ多い相手なんで……」

「おれは、鳥居や水野に盾《たて》つくつもりはないぞ。むろん、世のため人のために、辻斬りを斬ろうなどとも思わぬ。……ただ、五郎清国をとり返し、斬れ味を試せばいい」

「そうはいかねえ。旦那、考えてみなせえ。あっしらが、何を探っているか知れば、矛先《ほこさき》はこっちにむきますぜ」

「弐平、おれは通りを歩いていて辻斬りと出会い、挑まれて斬るだけだ。他のことにかかわりあいはない」

「そうはいかねえ」

弐平は太い眉根を寄せて、首を振った。

「弐平も、鳥居の意向で動くふりをすれば、牢人の様子は黙っていても知れるんじゃないのか」

「だ、だめだ。あっしは、あぶねえ仕事はやらねえことにしてるんで」

弐平が猪首を強く振った。

「金になってもか」

「そりゃァ、もう。……あの世に金は持っていけねえでしょうが」

「とりあえず、岩本兵左衛門の素性を探ってくれ」

やはり、唐十郎は気になっていた。江戸で名を聞かぬことから、地方の出の者だろうと思ったが、十年前岩本がどこにいたかだけでも確認したかった。

「野晒の旦那、あっしの胴がぶった斬られて二つに分かれてもいいってえんですかい」

弐平は首を引っこめ、顔の前で両手を大きく振った。

「探るだけだ」

「それがあぶねえ」

「もう、十両出そう」

唐十郎が縁側に腰を落としている弐平の膝先に十両積んだ。

「十両ねえ……」

弐平は猪首を少し伸ばして小判に、ちらりと目をやった。

「このご時世だ。そば屋も、そうは儲かるまい」

「そりゃァ、もう……」

「仕事が済めば、さらに十両積もう」

「あわせて、二十……ですかい」

武平のぎょろりとした目に光が増し、ちくしょう、いつもあぶねえ橋を渡らせられるのは、あっしだ、と吐き捨てるようにいうと、ぐいと腕を伸ばして小判をつかんだ。

5

どんよりと曇った夕暮れだった。軒下ちかくを、羽虫《はむし》を追って数羽の玄鳥《つばめ》が飛びまわっていた。今にも雨の落ちてきそうな梅雨《つゆ》空のせいかもしれない。長屋の路地を流していているふだんはのんびりした油売りの声が、妙に慌てているように聞こえてくる。

暮れ六ツ（午後六時）過ぎ、小石川《こいしかわ》にある旗本、久野孫左衛門の屋敷の長屋門から、数人の武士に警護された駕籠《かご》が急ぎ足で出た。まだ、提灯で足元を照らすほど暗くはなかったが、暮色は江戸の町をつつみはじめていた。

その薄闇に身を潜め、屋敷の塀や商家の店先の天水桶《てんすいおけ》の陰などに巧みに身を隠しながら、駕籠の一行を尾けていく二つの人影があった。

相良と娘の咲である。黒装束に身をつつみ、人とは思えぬほどの身軽さで、ときには海鼠塀《なまこべい》の屋根を伝い、ときには路傍《ろぼう》の樹影に身を沈めて尾けて行く。

駕籠の主は新坂茂兵衛《しんざかもべえ》。御具足奉行で、御留守居役夏目五郎左衛門の支配下にいる。御具足奉行という役職はふだんは将軍家の御具足の管理と修繕にあたるだけの閑職だが、新坂は土井派の急先鋒で、反水野派の要人の間をとりもつべく土井や夏目の指示を受けて動きまわっていた。

このところ、江戸の町は辻斬りの噂が絶えず、反水野派とみなされていた幕府要人の家士や蘭学者などがあいついで襲われ落命したこともあって、新坂の乗る駕籠には六人の腕に覚えのある武士が付き添っていた。

新坂の乗った駕籠は、小石川から加賀《かが》百万石前田《まえだ》家の上屋敷のわきを通り、不忍池《しのばずのいけ》に面した茅町《かやちょう》に出た。その先の池之端仲町《いけのはたなかちょう》で右に折れると黒門《くろもん》町で、新坂の屋敷は下谷御成街道《したやおなりかいどう》と呼ばれる通りに面していた。

駕籠が黒門町を抜け、両側に大身の旗本の屋敷の続く下谷御成街道に出たときだった。ふいに、屋敷の角から数人の武士集団が走り寄り、駕籠をとり囲んだ。いずれも牢人らしい風体《ふうてい》の男たちで七人いた。

「新坂さまをお守りしろ！」

警護の武士は、ばらばらと駕籠の周囲に駆け寄った。

夕闇が深く武家屋敷をつつみ、人影もなくあたりはひっそりとしていた。淡墨《うすずみ》を掃《は》いたような大気に殺気が走る。襲撃者は牢人ふうの男たちで、みな無言だった。すでに、抜刀し、夜走獣のように両眼を光らせている。

駕籠の周囲をかためた護衛の武士も次々に腰の刀を抜き放った。刀身の鞘走る音が大気を裂き、甲高い声があたりに響いた。

「徒党を組んでの狼藉、返り討ちにしてくれようぞ」

護衛の武士たちも腕に覚えがあるらしく、憶してはいなかった。腰が据《すわ》り、星眼に構えた切っ先を敵の左眼につけている。柳生《やぎゅう》流では、敵の左眼に切っ先をつける構えを片目はずしと呼んでいるが、武士集団が一様に同じ構えをとったところを見ると、あるいは柳生流の門人たちかもしれない。

対する牢人たちの構えは、星眼、八双、脇構えとさまざまだった。五人が警護の武士と対峙し、残る二人は背後に身を引いたまま刀も抜かなかった。ひとりは着流しの痩身で、もうひとりは六尺を超えようかという巨軀。二人は表情も動かさずに、武士集団に目をやっていた。

先にしかけたのは、牢人たちだった。対峙していた三人が、鋭い気合を発しながらいっせいに斬りこんだ。

刀身の触れ合う音と甲声《かんごえ》が静寂を破り、血飛沫《しぶき》が夕闇に飛んだ。腕を裂き、指が飛び、胸元に血の線が走るが、致命傷を受けて倒れこむ者はいない。牢人たちと警護の武士たちの腕の差がなく、深く踏みこんでの斬撃が加えられないからだ。牢人や武士たちは血まみれになり、荒い息を吐きながら必死で刀をふるった。

それでも、ひとりの牢人が腹をえぐられて蹲《うずくま》り、武士が片腕を落とされ、絶叫しながら地に体を丸めて芋虫のように身をよじった。

「どけッ」

牢人たちの背後で、斬り合いを眺めていた痩身の男が柄に手をかけたまま前に進み出た。細い目が底光りするように白く闇に浮き、かすかに酒の臭いが漂った。

「心形刀流、木村猪之助だ。おれが相手してやる」

木村は駕籠の前に立ち塞がった武士と対峙すると、緩慢な動作で抜刀した。

颯《さ》ッと、牢人たちが左右に分かれ、木村から離れる。

「御具足奉行、新坂茂兵衛さまの駕籠と知っての闇討ちか！」

警護のひとりが、激しい口調で叫んだ。

「ただの辻斬りよ。相手はだれでもいい」

いいながら、木村は正面から鋭い寄り身で武士との間合を一気につめた。一足一刀の間境を越えた刹那、木村は前に跳び、横一文字に受けようと振りあげた相手の刀身ごと真っ向幹竹割《まっこうからたけわ》りに斬りこんだ。

意表をついた凄まじい斬撃だった。

その打ちこみの強さで受けた刀身が下がり、武士は頭を割られた。額から鼻筋、顎にかけて血の線が走り、一瞬間《ま》をおいて顔が柘榴《ざくろ》のように割れて血が噴いた。赤い丸石のように顔を染め、武士はその場に崩れ落ちた。

武士の一団に怯《おび》えが走った。

腰が引け、二、三歩後退《あとずさ》ったところへ、すかさず木村は飛びこみ、ひとりの武士の肩口を袈裟に斬りさげた。

肩口がパックリと割れて白い肉が露出した。一瞬、血は出ない。滲《にじ》むように肉を染めてから一気に噴出してくる。斬られた武士は獣の咆哮《ほうこう》のような絶叫をあげながら地面を転げた。

そのとき、残った三人の中から長身の武士が、喉を裂くような気合を発し、上段から激しい勢いで木村に斬りかかっていった。相打ちを狙った捨て身の攻撃といっていい。

木村はスッと体を開いて長身の武士の攻撃をはずすと、脇をすり抜け、駕籠の前で星眼に構えていた別の武士の刀身を弾《はじ》き、手元に踏みこんで右腕を斬り落とした。電光石火の迅速な動きだった。

ギャッ、という悲鳴と同時に、駕籠の前にいた武士の刀をつかんだままの右腕が地面に転がった。斬られた右腕から血が噴出し、袖口を赤布のように染めた。武士はその腕を腹に押しこめるように身を丸めて、地面に突っ伏した。

一方、木村に攻撃をはずされた長身の武士は、勢い余ってそのまま前に突っこみ、牢人たちの最後尾にいた男の前に、上段のまま突っ立った。

最後尾にいた男は、巨軀で赤ら顔、眉根濃く魁偉《かいい》な風貌の牢人だった。黒の打裂羽織《ぶっさき》の裾を風になびかせ、無表情で立っていたが、わずかに腰を沈めて腰の剛刀を抜き放つと、

「岩本兵左衛門晃久《てるひさ》」

と名乗り、八双に構えた。

構えた剛刀は二尺七、八寸もある胴田貫《どうたぬき》である。胴田貫は戦国時代、騎馬武者が好んで用いた大刀で、身幅が広く、肉厚く、振り下ろすと重みが加わり具足をつけた敵を斬るのに適している。また、深く斬れなくとも、その強い打撃で敵の頭を割り、骨を砕く。

その胴田貫を構えた岩本の全身から、敵をねじ伏せるような激しい剣気が放出した。

上段に構えた武士は引きこまれるように踏みこみ、上段から岩本の面を狙って刀身を振り下ろした。

岩本はほとんど動かず、武士の刀身を胴田貫の峰ではねあげると、伸びあがった武士の胴をなぎ倒すように斬り払った。

一瞬、身をのけ反らせたまま武士は、その場に棒立ちになった。背骨を断つほど深く両断された武士の腹部が大きく口を開き、臓腑が足元に溢れでた。武士は激しく顔をひき攣《つ》らせた。呻きも叫び声もなかった。そのまま己の撒《ま》いた臓腑の中へ、崩れるように倒れこんだ。

岩本は血の付いた胴田貫を、ビュー、と大きく一振りすると、倒れた武士の袖口で血糊《ちのり》を拭い鞘に納めた。

そのとき、すでに残る武士も牢人の手で斬られ、駕籠の新坂が引きだされていた。

「首を刎《は》ねろ」

岩本の胴間声が闇を深くした通りに響いた。

凄絶な斬り合いに興奮したのか、両眼をぎらつかせた牢人のひとりが、イヤァッ！

という甲高い気合を発して、新坂の首を斬り落とした。

瘦せた老人の首が、犬の頭のように地面に転がった。首のない新坂の体が、血を撒きながら倒れるのを見て、牢人たちは喉を鳴らして嗤《わら》い、転がっている警護の武士の死体を蹴ったりした。その牢人たちの姿も、夜の帳《とばり》に包まれて霞《かす》み、新坂の首根から噴出する血の音だけが妙に生々しく聞こえた。

雨が降ってきた。殺戮《さつりく》の血を洗い、死体を清める雨だった。

急いで、牢人たちは倒れた新坂や武士たちの懐を探り、財布を己の懐中にねじこむと、二人、三人と連れ立ってその場を去っていった。

岩本と木村が神田川の方に歩きだすと、武家屋敷の海鼠塀《なまこべい》の角の濃い闇がかすかに動いた。闇に身を潜めて襲撃の様子を目撃していた相良と咲が、二人の後を尾けはじめたのである。

6

コッ、コッ……。

縁先の雨戸を叩く音がした。唐十郎はその音に目を覚まし、枕元の祐広を引き寄せた。戸を叩く音がやみ、狩谷さま、狩谷さま、と小声で呼ぶ女の声がした。咲である。

唐十郎は素早く着替え、雨戸をあけた。夕方からの雨はやみ、庭の黒土にうすい靄《もや》がたっていた。湿気が多いせいか、ムッとするような熱気がある。

「このような夜分、いかがいたした」

咲は黒装束である。腰に小脇指をさしている。

「今夜、御具足奉行、新坂茂兵衛さまが辻斬りたちの手にかかりました」

「新坂……」

はじめて耳にする名だった。おそらく、土井とつながりのある旗本のひとりなのだろう。

「狩谷さまのお力を貸していただきたく、参上いたしました」

咲は庭先の土に片膝をつき、真っ直ぐ唐十郎の目を見ながらいった。女とは思えないような鋭い目をしている。

「咲どのと申されたな」

「はい」

「拙者《せっしゃ》への依頼は、五郎清国をとりもどすことと、その試し。新坂と申されるご仁が辻斬りに斬られようが、拙者とはかかわりなきこと」

「で、ですが、賊のひとりが五郎清国を……」

咲は言葉につまり、唐十郎を見つめた視線が揺れた。

「持っていたというのか」

「は、はい」

「まことか」

「…………」

咲の視線が落ちた。眉根を寄せ、苦しそうな表情を浮かべた。

……嘘のへたな女だ。

と唐十郎は思った。

「はじめから、五郎清国より、拙者に辻斬りを斬らせることが目的だったのではないのか」

「いえ、五郎清国は、久野さまの命運をにぎっている刀にございます。どうあっても、とりもどさねばなりませぬ」

咲はまた顔をあげて、睨むように唐十郎を見た。

どうやら、五郎清国をとりもどしたいことに偽りはないようだ。

……だが、おれに辻斬りを斬らせたいことも確かだ。

唐十郎は弐平の探ってきた三人の辻斬りのことが気になっていた。とくに、岩本兵左衛門とは、いつか対決せねばなるまい、と肚《はら》を決めていた。

「咲どの」

「はい」

「なにゆえ、辻斬りにこだわる。……辻斬りたちが、蘭学者を、……さらに、ご老中、土井利位さまを支持する幕閣の要人や、手足となって動いている旗本を狙いはじめたからではないのか」

弐平の話から、辻斬りの名を借りて蘭学者や土井派の要人や先鋒を抹殺する裏に、鳥居耀蔵の思惑が働いていることを知った。咲や伊賀者たちは、そうした鳥居の陰謀を阻止するために、動いているのではないのか。

辻斬りの抹殺は土井派の要人や旗本を凶刃から守ることであり、五郎清国の奪還もその任務のひとつなのだ。

「…………」

咲はうなだれるように視線を足元に落とした。

「拙者、試刀を生業《なりわい》としている。水野も反水野も、かかわりはないが、辻斬りを斬り、その差料を試せといわれるなら、別に相応の試し料をいただかねばならぬが」

「はい……」

「承知ならば、事情を話せ」

咲は顔をあげ、新坂茂兵衛の襲われた経緯《いきさつ》を話した。

「敵は、木村猪之助に岩本兵左衛門か」

二人のことは弐平から聞いていた。それぞれ心形刀流と甲源一刀流の手練《てだれ》である。しかも、実戦から身につけた殺人剣の遣い手でもある。

「すぐに、ご案内いたします」

咲は腰をあげたが、

「無理だな」

そういったまま、唐十郎は縁側に座したままだった。

咲が怪訝そうな顔で、唐十郎を見つめると、

「斬られるのは、こっちだ。二人とも、そうとうの遣い手。おれひとりの手には負えぬ。それとも、どちらかは、咲どのとおやじどので始末するか」

ひとりを相手にしても、斬れる、といいきれる自信はなかった。弥次郎のことが頭を過《よぎ》ったが、妻子のある弥次郎に木村や岩本と対戦させることはできない。

「い、いえ。今夜、狩谷さまに斬っていただくのは、木村猪之助ひとりでございます」

咲のいうところによると、新坂を斬った牢人たちは神田川縁《べり》に出て佐久間《さくま》町の和泉橋のたもとにある『彦八《ひこはち》』という船宿にくりこんだという。

「ただ、木村猪之助だけは、そこで別れ、柳橋にある料理茶屋の『鶴富《つるとみ》』に入りました」

「女か……」

弐平から木村が女好きである話を聞いていた。柳橋の鶴富は、房事に長《た》けている黒羽織の芸者を多く抱えているという話を聞いたことがある。人を斬ったあとは血が疼《うず》き、酒か女が欲しくなるが、木村は女を抱きに鶴富へ足を運んだのであろう。

「鶴富は、組頭が張っております。すぐに、木村が店を出るようなことはないと存じますが……」

咲はまた腰をあげた。

組頭というのは、咲の父親の相良甲蔵のことである。咲は自分の父親のことを組頭と呼ぶ。おそらく、父娘の情を断ち、己が明屋敷番伊賀者の一員であることのけじめをつけるためであろう。

「ならば、案内《あない》を頼もう」

唐十郎は祐広をつかんで立ちあがった。

鶴富は柳橋でも大きな料理茶屋のひとつだったが、かつてのような華《はな》やいだ雰囲気はなかった。三味線や鼓《つづみ》の音《ね》もしないし、女たちの嬌声や笑い声も聞こえてこなかった。軒下の雪洞《ぼんぼり》の灯《ひ》もまばらで、寂しげに夏の川風に揺れていた。

水野の出した生活統制に関する改革令のせいである。贅沢な料理はもちろん、派手な音曲《おんぎょく》や婦女子の櫛《くし》や簪《かんざし》の材料まで制限されたから、こうした料理茶屋や芸妓《げいぎ》を抱えている置屋《おきや》などはもろに影響を受け、ほとんどの店が開店休業のありさまだったのである。

「……狩谷どの、いかがですかな」

鶴富にちかい神田川の渡し場の舫杭《もやいぐい》に繋《つな》がれた猪牙舟《ちょきぶね》の上から声がかかった。見ると、舟の艫《とも》に、どこかの船宿のものらしい印半纏《しるしばんてん》を羽織り、手拭いで頬っかむりした船頭らしき男が徳利《とっくり》をかざしていた。

相良らしい。覆面のない顔をはじめて見るが、思ったより柔和な顔だちで、好々爺《こうこうや》といった雰囲気を漂わせている。その相良の脇に大猿の次郎が神妙な顔をして座っていた。鶴富から洩れてくる淡い灯に浮かんだ大猿の姿は、手拭いで頬っかむりしている小柄な老人のように見えた。

その大猿が、唐十郎の顔を見て、ニッと歯茎を剝《む》いた。その丸い目には、以前のような警戒心や敵意の色がなかった。どうやら、唐十郎を味方のひとりと認めたようだ。

「いや、酒はひかえておこう」

これから、木村と仕合わねばならない。酒は一瞬の判断を狂わせ、感覚を鈍らせることを唐十郎は知っていた。

「一杯だけなら、体が暖まりましょう」

そういって、相良は猪牙舟から降りてきたが、それ以上酒をすすめなかった。大猿は舟の艫に尻を落としたまま、杯を持って酒を飲む真似を続けている。

「流連《いっづけ》ということはあるまいな」

四ツ（午後十時）ごろである。このまま明日まで待つわけにはいかない。

「いや、そのようなことはござるまい。この店に木村の馴染みはいないはず。ことが済めば、出てくるはずでござる」

「ならば、待つか」

鶴富の玄関先の見える神田川縁の柳の樹陰に相良と咲が潜《ひそ》み、大猿はスルスルと幹を上って、鬱蒼とした葉叢《はむら》のなかに消えた。唐十郎はちかくのそば屋で、木村が出てくるのを待つことにした。

四半時もすると、咲がそば屋の障子に合図の小石を投げた。

「木村が鶴富を出ました」

ひとりで、浅草方面に向かって歩いているという。

7

柳橋の鶴富を出た木村は、大川の西河岸にある浅草御蔵の前にさしかかっていた。後を尾ける唐十郎たちには気付かぬらしく、夏の夜風に漂うように悠然と歩いている。

浅草御蔵は一番蔵から八番蔵まであり、俵《たわら》物を積んだ船が日に何十艘と出入りするが、今は濃い夜闇のなかに沈んで、高瀬《たかせ》船や荷足《にたり》船の船影の一部が御蔵の間から見えるだけである。

ごっ、ごっ、と繋がれた船の触れ合う音がした。人影はまったくない。このところ、むっとするような暑い夜が続いているが、辻斬り騒ぎのせいか、夕涼みに出る町人の姿もなくなっている。

木村は諏訪町を通り駒形町にはいった。駒形町には駒形堂があり、浅草寺《せんそうじ》に参詣する者は、ここで手を洗い口をすすいでから本堂に進むことになっている。また、川端には舟つき場があり、吉原へ行く者はここに舟を着けた。ちかくには茶屋やもの売りの店などがあり、閉じた雨戸からかすかな灯火が洩れ、人声も聞こえてきていた。

「材木町にはいったら、木村の足をとめましょう」

並んで歩いていた相良がそういうと、足音をたてずに唐十郎のそばを離れていった。大猿も後に続く。

駒形町の次が材木町で、そこを抜けると吾妻橋になる。どうやら、木村は吾妻橋を渡り、本所番場町にある木村道場に帰るつもりのようだ。

「狩谷さま……」

背後を歩いている咲が小声で、

「木村猪之助の剣は妖剣《ようけん》でございます。打ちこみの気配をみせず、遠間《とおま》の下段から一気に斬りあげます。くれぐれもご油断めされぬよう」

そう伝え、前方の夜闇へ走り去った。

咲は石雲流小太刀を遣うという。その咲の目に、木村の遣う剣が妖しいものに映ったのであろう。

材木町にはいると、木村は大川の堤《つつみ》に出た。前方に吾妻橋が見える。大川の川面《かわも》は月明かりを映して銀蛇《ぎんだ》のように鈍く光り、川面を渡る風にさざ波をたてていた。

半町ほど先を行く木村の前方に、ポッと灯《とも》が点った。

木村の足がとまり、わずかに腰が沈んだ。

どうやら、相良がなにか仕掛けたようだ。唐十郎は足音をたてないようにして足を速めた。

……おのれィ！　死霊か。

木村の甲高い声が闇に響いた。

見ると、木村の前方の闇に何か白いものが浮かびあがっている。死者に着せる経《きよう》帷子《かたびら》が、左右に走り、舞っているように見える。しかも、低く空中に浮いているようだ。

大猿の次郎だ。白い経帷子を着て、前方の闇のなかで走りまわっているのだ。

……妖術か！　小賢《こざか》しいわ。

木村もその動きに人間とは異なる敏捷《びんしよう》な獣の動きを感じとったようだ。声も、平静さをとりもどしている。

木村は前方の闇を見すえながら、鍔元《つばもと》から何か取りだした。手裏剣のようだ。心形刀流は刀術の他に薙刀《なぎなた》や手裏剣も修行のなかにとりいれている。かなりの腕と思っていい。

木村が手裏剣を構えようとした刹那《せつな》だった。ヒュッ！　という夜闇を裂くような鋭い指笛が鳴り、白い経帷子がフワリと闇に舞って、地上に落ちた。

一瞬、闇のなかで黒い獣が川端の柳の樹影の方に走ったように見えたが、あとは寂《せき》寞《ばく》として漆黒の闇にとざされている。

かわって、背後から走り寄る唐十郎の足音がした。

「なにやつ！」

木村は柄に手をのせ、腰を沈めたまま振り返った。殺気はなく、物憂《ものう》いような顔のまま細い目で唐十郎を見た。

「小宮山流居合、狩谷唐十郎、人は野晒ともいうが……」

二間半の間合をとって、唐十郎は歩をとめた。

「何のようだ」

「拙者、試刀を生業《なりわい》としている。おぬしの腰のものの斬れ味を試したいが」

「なに、試刀だと。……そうか、綿貫平八郎を斬ったのは、きさまか」

一瞬、浅黒い木村の顔に憤怒《ふんぬ》の表情が浮いたが、それもすぐに消え、すぐに物憂いような顔にもどった。

「いかにも」

木村と綿貫は同じ心形刀流を遣う。木村は、綿貫が死後斬首されていることを見て、試し斬りにあったことを察したのであろう。

「この五郎清国を試すまえに、おれを斬らねばなるまいが……」

いいながら、木村は緩慢な動作で抜刀した。

すらりと、白い刀身が闇に伸びる。木村が五郎清国といったその刀は、銀蛇のような白い光芒《こうぼう》を闇に放った。

刀身は、およそ二尺三寸。切っ先は大帽子。遠目には五郎清国の特徴を備えている。

木村は腰高《こしだか》のまま下段に構えたが、放射する剣気も、覇気《はき》もない。だらりと切っ先をさげたままでいる。

……木村の剣は妖剣。

そういった咲の言葉が唐十郎の脳裏をかすめた。このまま居合をしかけるのは危険だと察知した。

……山彦《やまびこ》を遣うか。

遠間のまま、唐十郎は腰の祐広を抜いた。

「ほォ、居合をしかける前に抜いたか」

木村の顔に驚きの表情が浮いた。

居合は抜きつけの一瞬に勝負を決する技が多い。抜刀し、敵と切っ先を合わせてしまったら、居合の威力は半減する。それを、何もしかけず、遠間のまま抜いたのだから、木村が驚くのも無理はなかった。

「小宮山流居合、山彦。……参る」

唐十郎は二間半の遠間のまま、切っ先をさげて下段に構えた。小宮山流居合、奥伝三勢のひとつに山彦と呼ばれる秘剣がある。

これは、敵が星眼にくれば星眼に、下段にくれば下段に構えて、敵とまったく同じ動きをする。谺《こだま》するように敵の動きに合わせることで、次の攻撃を読むと同時に戸惑いを誘い、一瞬の隙をついて敵をたおす。

唐十郎が下段に構えたまま間合をつめると、木村の腰が沈んできた。唐十郎も同じように腰を沈める。

間合は二間。木村の構えに覇気はなく、まるで攻撃してくる気配は感じられないが、チラリ、とその面貌《おもて》に苛立ちの表情が浮いた。まったく同じ動きをする唐十郎の剣に、疑心と不安が生じたようだ。

古来より多くの流派が敵と対峙したとき、疑心や不安の生ずることを戒《いまし》めている。疑心や不安は心の動揺を生み、動揺は体を萎縮《いしゅく》させ、反応を鈍くさせるからである。

唐十郎が一足一刀の間境を越えた刹那だった。木村が豹変した。体に闘気が漲《みなぎ》り、切っ先が鋭い殺気を放射した。

……くる！

唐十郎は木村が下段から踏みこみざま、逆袈裟に斬りあげてくる、と読むと同時に、切っ先をあげながら一歩踏みこんだ。

木村が腰を浮かしながら逆袈裟に切っ先を跳ねあげようとする、その出頭《でがしら》を、唐十郎の切っ先が一瞬迅《はや》くとらえた。相手の攻撃を予知した出端技《ではなわざ》である。

山彦の神髄は、敵の動きにあわせて動き、敵の攻撃を予知して、その出端をとらえるところにある。居合の修行で培《つちか》われた一瞬の鋭い反応と敵の動きの読みによってはじめて可能になる奥義《おうぎ》のひとつだった。

その山彦がみごとに決まった。

斬りあげようとした木村の右腕に、唐十郎の切っ先が振り下ろされ、刀を持ったままの片腕が地面に落ちた。

木村が右腕を抱えこむように上半身をまるめると、すかさず、唐十郎は踏みこんで肩口に二の太刀を浴びせた。

首が折れたように横に傾げ、ぱっくりと開いた肩口から血が噴きだした。木村は悲鳴も呻き声も発せず、血の噴出する音をさせながら夜闇のなかに崩れ落ちた。

唐十郎は祐広の切っ先を木村の立っていた闇に向け、残心《ざんしん》の構えをとりながら呼吸を整えた。

「お見事でございます」

背後で相良の声がした。

振り返ると、三間ほど離れた闇のなかに三つの濃い人影が蹲《うずくま》っている。相良と咲、それに大猿の次郎である。

「残念だが、これも五郎清国ではないな」

唐十郎は木村の腕から刀を取り、月明かりに刀身をかざして見た。

大帽子の切っ先、浅い湾《のた》れに互《ぐ》の混じった刃文、地肌の牡丹《ぼたん》映り、と五郎清国の特徴を備えてはいたが、目を射るような清冽な冴《さ》えがない。

「五郎清国に間違いないと思っておりましたが……」

相良はそういったが、さほど残念そうな声でもなかった。あるいは、今度も偽物という予想はしていたのかもしれない。

「ともかく、これで百両分の仕事はしたと思うが」

唐十郎は祐広の血糊を木村の袖口で拭って鞘に納めた。

「いかにも」

「で、どうされる」

まだ、敵方には神道無念流の榊原杏之介と甲源一刀流の岩本兵左衛門の二人がいる。それに、肝腎の五郎清国をとり返してはいない。

「狩谷さまのお力をお借りするのは、これからでございます」

相良がそういうと、大猿の次郎が立ちあがって、ひょこひょこと近寄ってきた。手には風呂敷包みをぶらさげている。

次郎は唐十郎の前にきて、尻を落とすと、真剣な顔付きをして風呂敷包みの結び目を解きはじめた。どうやら中に、切餅《きりもち》がはいっているようだ。

……こんどは、その手はくわぬぞ。

次郎を見るふりをして背後の二人に目をやっていると、思ったとおり、相良と咲がわずかに腰を浮かして後退《あとずさ》りし、そのまま背後の闇に溶けこむように姿を消した。

フッ、と視線を前の次郎にもどすと、こんどは次郎の姿がない。地面の上に切餅が四つ横に並んでいる。……百両。まず、榊原か岩本か、どちらかひとりを斬って欲しいということらしい。

……それにしても、みごとな遁走術《とんそう》よ。

猿を巧みに使った獣遁《じゅうとん》の術ということになろうか。

あたりには血の臭いが漂っているだけで、相良も咲も、大猿もその気配を消していた。

第三章　逆襲

1

本所番場町《ほんじょばんば》にある木村道場には、三十人ほどの牢人が集まっていた。牢人たちは、一段高い座敷で、神棚を背にして立っている黒頭巾《ずきん》で顔を隠した武士に視線を集めていた。武士のかぶっているのは、頤《おとがい》頭巾と呼ばれるもので、目だけ出してすっぽりと下顎まで顔を隠すことができる。したがって、武士の人相、表情はわからないが、牢人たちに向けられた細い目には、蛇を思わせるような冷たい光がある。

その目が、道場の四隅に点《とも》された灯明《とうみよう》に浮かびあがった牢人たちの顔を舐《な》めるようになぞっていたが、

「三好、道場主の木村猪之助の姿が見えぬな」

とくぐもった声でいい、傍《かたわ》らに控えている痩身の武士を振り返った。

三好と呼ばれたこの武士は、鳥居燿蔵の配下、小人目付の三好甚蔵である。とすると、頭巾で顔を隠した武士は、南町奉行の鳥居ということになろうか。

「一昨夜、浅草材木町《あさくさざいもく》で、何者かによって斬殺されました」

「ほう」

鳥居の目が光を増した。

「先日、綿貫平八郎たちが討たれましたが、おなじ者の仕業と思われます。……どうやら、五郎清国をとりもどすために動いているようでございます」

三好は、斬られた二人がいずれも差していた刀で試し斬りされた様子があることを話し、

「久野孫左衛門の手の者ではないかと、推察いたしますが」

つけくわえた。

「いや、久野の配下ではない。伊賀者だな」

「伊賀者……」

三好が顔をあげた。

「徒《かち》目付や小人目付は御老中の水野さまが掌握しておられるが、伊賀者のなかに、土井の腹心の夏目の命を受けて動いている者がいるというぞ。土井が久野の失脚を防ぐために、陰で手をまわしたに違いなかろう」

「夏目さまというと、御留守居役年寄の」

「そうだ。……われらが動きも探っているとみていいな」

鳥居の声に気難しげな響きがくわわった。

「違うな。伊賀者のような、乱派《らっぱ》づれに猪之助が討たれたというのか。……猪之助は片腕を落とされ、肩口を割られていた。かなりの遣《つか》い手だぞ」

鳥居の前に座した牢人たちの背後から胴間声《どうまごえ》が響いた。岩本兵左衛門である。巨軀を柱にもたせかけて、首だけ鳥居の方にひねっていた。赤銅《しゃくどう》色の肌に無精髭が伸び、鍾馗《しょうき》のような面構《つらがま》えをしている。

もうひとり、岩本の陰に身を隠すように板壁に身をもたれさせている牢人がいた。顎に刀傷がある。蓬髪《ほうはつ》がうなだれた顔を隠し、立てかけた刀に片腕をかけたまま身動《みじろ》ぎひとつしない。榊原杏之介である。この男の周辺には、その表情のない蒼白い顔のせいなのか、冷気のようなものが漂っている。

「たしかに、木村や綿貫に直接手をくだしたのは伊賀者ではないかもしれぬな。だが、それを探しだし、討つのもおぬしたちの仕事だぞ」

「はッ」

「斬れィ！　斬って捨てい」

鳥居が喉を絞るような甲高《かん》い声をあげた。

「お奉行さま、策がございます」

三好がいった。

「はい、そやつらは、辻斬りに出たところを襲っております。おびきだして返り討ちにしてくれましょう」

三好は口元に薄嗤《わら》いを浮かべた。

「ついでに、伊賀者も皆殺しにしてしまえ。動いているのは、そう大勢ではあるまい」

「はッ」

「三好、わしが今夜、こうして出かけてきたのは、牢人たちを斬った者の詮索ではないぞ。……水野さまの上知令《あげちれい》に反対する者が、土井や老中の堀田正睦《まさよし》を盟主にかついで、さかんに動いておる。まず、大目付の遠山、勘定奉行の跡部《あとべ》、土岐《とき》。それに、小普請《ぶしん》奉行の川路《かわじ》を始末せねばならぬ」

鳥居は苛立った声で並べあげた。

この年（天保十四年、一八四三）の六月一日。老中、水野忠邦は最初の上知令を公布している。上知令というのは、江戸、大坂周辺に散在する大名や旗本の私領を幕領に編入し、替地を与えるというものである。その狙いは、租税率の高い私領と低い幕領を交換して、幕府の財政収入を増やすことや、全国の土地は将軍のものであることを改めて領主に確認させ、幕府の支配体制を強化することなどにあったとされている。

ところが、この上知令に、領主はもとより百姓、町人までがこぞって反対した。領主にすれば、痩《や》せた領地に替地されたら、財政難に陥《おちい》ることははっきりしていたし、百姓、町人たちは支配者が代わることで、負担が増えることを恐れたのだ。

上知令の建議者は水野の腹心の羽倉外記《はくらげき》といわれ、まだ、このときは、水野自身の飛地領、印旛《いんば》沼周辺の一二石を進んで上知しただけだったが、対象となった地域の領民は激しい反対の狼煙《のろし》をあげた。

この反上知令の動きは幕閣をまきこみ、多くの要人が領民の反対闘争につき動かされるかたちで反水野派にまわったのである。そして、反水野派の盟主となったのが、老中、土井利位だった。水野の腹心であった鳥居は、この土井派の切り崩しと追放にやっきになっていた。

その鳥居の冷たく光る細い目を見ながら、

「……すると、大目付さまたちを斬れ、と」

三好は口元から嗤いを消していった。鳥居のあげた者たちは、みな幕閣の中枢にいる要人たちだったのである。

「馬鹿な、大目付や勘定奉行がかんたんに斬れるか。斬るのは、遠山や跡部の手足となって動いておる旗本や用人でよい。五郎清国でもって斬ればよいのだ。久野の所持する名刀で斬られたことを知れば、かならず、土井の腹心である久野との間に亀裂が生じ、疑心暗鬼になってお互いが腹の内を探りあうようになろう。久野にすれば、五郎清国が手元にないなどとは口が裂けてもいえぬからな。……そうなれば、黙っていても、大目付や勘定奉行たちは土井に反目するようになる」

「まさに、おおせのとおりで……」

「御改革に逆らう姦臣《かんしん》どもには、誅罰《ちゆうばつ》をくわえねばならぬ」

鳥居は甲高い声でいい、北島《きたじま》！　と背後に控えていた家士を振り返った。

北島と呼ばれた初老の武士が、桐の刀箱を持って進みでた。

「三好、備前長船派の鍛冶に新たに打たせた五郎清国だ。これを使わせろ」

鳥居が刀箱から柄、鍔《つば》など拵《こしら》えのついた刀をとりだして、傍らの三好に手渡した。

「ウフッ、敵が五郎清国だと思うて、奪い返したとしても、手にするのは偽物ということになりますな」

三好が目を細めて嗤った。

どうやら、五郎清国の模造刀《うつし》を長船派の刀工に打たせて、腕のたつ辻斬りに持たせているのは、鳥居の発案によるもののようだ。

「いや、これも五郎清国よ。いずれが本物か、かんたんには分かるまいて」

「五郎清国による斬殺の噂を流し、しかも、本物が敵の手に渡ることはない。まさに、妙手にございます」

「敵は忍び。隠しておくわけにもいかぬからな」

「目の前にぶら下がっている物のほうが、かえって、見えぬこともございます。……して、大目付や勘定奉行の手の者を斬る手筈《てはず》は、いかように」

三好が一膝進めて訊いた。

「配下の同心や岡っ引きを使って動きを探らせよう」

「この者たちは、早く斬りたくてうずうずしております」

三好が居並ぶ牢人たちに視線を投げた。

鳥居も牢人たちに目を向け、

「よいか、そちたちは、無頼の徒にあらず、お上に盾《たて》つく奸臣どもの誅殺隊ぞ。存分に働けい。望むならば、幕臣にとりたててやってもよい。金が欲しくば、相応の褒美《ほうび》もとらす。だが、どのようなことがあっても鳥居の名を出すことは許さぬぞ。賊を捕らえ、裁定を下すのも、この甲斐守だ。どこへ逃れようと、かならずひっ捕らえ、

「磔《はりつけ》、獄門、一族郎党皆殺しにしてくれようぞ」

と蛇のような目で睨《ね》めながらいった。

さらに、三好が膝行《しっこう》しながら、

「甲斐守さま、ひとり、酒に酔ってお奉行さまの名を出した者がございます。ひっ捕らえて庭の木に括《くく》りつけてありますれば、みせしめのために首を刎《は》ねてみせるのも一興かと存じますが」

と口元に薄嗤いを浮かべていった。

「うむ……。ならば、その五郎清国の斬れ味を試してみろ」

三好の指示で、牢人たちは夏草の茂る庭に出た。

後ろ手に縄で縛られ、庭に引きだされたのは、痩せて貧相な牢人だった。着崩れた襟元が広がり、肋骨から下腹までが露出していた。追いつめられた小動物のようにおどおどした目で、鳥居を見上げ、助けてくれ、と哀願した。

鳥居は覆面の下で、フッフフ……と嗤いを洩らし、

「ただ、首を刎ねるだけではつまらぬ。だれか、生《い》き胴《どう》にしてみよ」

と命じた。酷薄《こくはく》、嗜虐《しぎゃく》の男らしく、鳥居の細い目の奥で鬼火のような炎が灯っていた。

「ならば、おれが」

立ちあがったのは、岩本だった。

庭の隅に植えられた欅《けやき》の太い枝に、牢人は後ろ手のまま爪先が一尺ほど地面を離れる高さに吊るしあげられた。

「斬れそうだが、すこし軽いな」

岩本は三好から受け取った五郎清国の贋作に、ビュウ、ビュウと素振りをくれながら欅の枝に宙釣りに吊るされた牢人のそばに近寄った。

ぶら下がった牢人の体は、腹部がえぐれ下腹部が瓢《ふくべ》のように膨らんでいる。

「お、おれは、なにも喋らぬ。……岩本うじ、助けてくれ」

と牢人は身をよじりながら必死に哀願した。

「拙者、据え物斬りも免許を得ておる。目を閉じておれ、すぐにすむわ」

そういうと、岩本は腰を落として切っ先を脇に突きだすように、低い八双に構えた。車《しゃ》の構えにちかい、どっしりとした巌《いわお》のような構えだった。

「おもしろいものを、見せてやる」

そういうと、岩本は、イヤッ、と短い気合を発して刀身を一閃させた。バサッと打《ぶっ》裂《さき》羽織が夜闇にひるがえり、ビシッ、と鈍い音がした。

　同時に血飛沫《しぶき》と臓腑が散り、胴が両断され、吊るされた牢人の下半身が地面に落ちた。すると、後ろ手に吊るされた牢人の体は下半身の重力を失い、クルリと半回転して、首が下にぶらさがった。

　八双から薙《な》ぐようにして胴を両断した岩本は、そのまま刀の峰を返し横一文字に半円を描くように大きく払った。また、バサッと黒の打裂羽織が闇にひるがえる。

　ゴッ、という頸骨を断つ音を残して、首が黒い塊《かたまり》になって夜闇にはね飛んだ。ゴロ、ゴロッと首が叢《くさむら》を転がる音がした。

　首と下半身を失った牢人の肉塊から滴《した》り落ちる血の音が、夜気を震わす。

　無頼の牢人たちも色を失い、息を呑んでいた。

　凄まじい試し斬りだった。二振りで人の体を三つに断ったのだ。

　これは、三段斬りと呼ばれる極刑である。金沢藩で見せしめのため衆人環視のなかでおこなわれたといわれているが、岩本もこの残酷な斬殺法を据え物斬りのひとつとして身につけたものであろう。

「偽物とはいえ、五郎清国、よう斬れるわ」

　そういうと、岩本は牢人を吊るしている縄を切った。

　両腕と胸部だけの肉塊がドサリと地面に落ちて、重力を失った縄がわずかな風に笑うように揺れた。一瞬、間をおいて、澱《よど》んだような夜気のなかに、クッ、ククク、という鳥居の嗤い声が、怪鳥《けちょう》の啼き声のように響きわたった。

2

枝を伸ばした柘植《つげ》の植えこみの陰に、黒い人影があった。息を殺し石のように動かない。それだけが生き物でもあるかのように、大きな目がギョロギョロと動いている。

貉《むじな》の弐平である。

弐平の潜《ひそ》んでいる柘植の陰から牢人たちのいる庭先までは、かなりの距離があり、会話は聞きとれないが、月明かりに浮かびあがった牢人たちが何をしているかは分かる。

残酷な試し斬りの光景に、弐平は猪首《いくび》をさらに引っこめて身震いした。

……これでおしまいにしなけりゃァ、な。こんなやつらを相手にしたら、命がいくつあっても足りねえや。

と頭の中で呟き、牢人たちが、庭先から消えると、いそいでその場を離れた。

弐平のいた柘植の陰の二間ほど先に同じような植えこみがあり、そこにもう一つ丸い影が地面に張りついていた。

こちらは身動きしないばかりか、俯《うつぶ》せになり首を竦《すく》め手足も屈《かが》めて平石のようになっている。鶉隠《うずらがく》れの術といわれるもので、呪文を唱えながら精神を統一し、気配を断って自然の一部に溶けこむ。

この影の主は、相良甲蔵である。

相良は、牢人たちが庭から道場内にもどると、手足を伸ばし、スルスルと軒下に近寄っていった。

一方、弐平は木村道場を出ると、そのまま松永町の唐十郎のもとに足を向けた。

「野晒の旦那、起きてますかい」

庭先から雨戸を叩いて、声をかけた。

起きていたとみえ、唐十郎はすぐに顔を出した。

「どうした、このような夜分に」

「へい、旦那に頼まれた岩本の素性が知れましたんでね」

「そうか」

唐十郎は縁先から下駄をつっかけて、庭に出てきた。

満月だった。肌に心地好い微風が、樫《かし》の深緑を揺らしている。弐平は足元に渾名《あだな》どおり貉のような短い影を落として立っていた。

「いい夜だな」

「とんでもねえ。こんな、いやな夜はありませんや。こっちは、ぞっとするものを見てきちゃいましてね」

弐平が身震いしながら、木村道場での試し斬りの様子を話した。

「三段斬りか……」

「人のやるこっちゃァ、ねえ」

怖気《おぞけ》をふるうように弐平は短い首を振った。

「岩本は、据え物斬りの達者でもあるようだな」

そうとうな腕とみていい。尋常の者では生きている者を吊るして胴を断ち、返す刀で首を刎ねることはできない。

「あいつは、黒い打裂羽織をバサバサやりながら、人を斬る。まるで、大鷲《おおわし》みてえだ」

「大鷲か……」

「その大鷲ですがね。巣立ったのは深山幽谷《しんざんゆうこく》の地、武州秩父郡両神村《ぶしゆうちちぶごおりりようがみむら》。そこにある甲源一刀流の道場で、修行を積んだようです。その後、四谷《よつや》にある道場に出て師範代をつとめていたが、五年ほど前に、木刀で旗本を打ち殺して追いだされたようなんで」

弐平は四谷にある道場を訪ね、近所の者から話を聞いてきたようだ。

秩父といえば、武蔵北部の山沿いに開けた山間の僻地《へきち》である。中仙道《なかせんどう》熊谷《くまがや》宿から荒川《あらかわ》沿いに秩父街道を十数里も入ったところにあると聞く。

「四谷の道場の名は」

「強矢《ごうや》道場。道場主が強矢良輔《りょうすけ》というそうです」

「岩本が江戸に出たのは、いつごろだ」

「四谷の道場に、三年ほどいたといってましたから、都合、八年ってことになりますかね」

「八年前……」

父、重右衛門が神田川縁で斬られてから十年経つ。弐平の調べたとおりだとすれば、そのころ、岩本は秩父にいたことになるが……。

……だが、分からぬ。そのとき、たまたま、江戸に出てきていたのかもしれぬ。

「岩本の年は」

「三十七、八《ひっぱち》ってとこですかね」

「甲源一刀流とは、どのような剣なのだ」

弐平に聞くのは酷だが、何か噂ぐらい耳にしているかもしれない。

「何でも、立胴《たちどう》とかいう技が得意だそうで」

「立胴……」

おそらく、面に打ってきたものを抜くのではなく、突きや面に打つとみせて、敵の構えが浮いたところを踏みこんで胴を打つ技であろう。据え物斬りで、胴を両断する極意を取り入れているのかもしれない。

……立胴なら、胴を両断するほどの斬撃を生む。

やはり、父を斬ったのは甲源一刀流で修行を積んだ者かもしれぬ、と唐十郎は思った。

「強矢良輔という男は、いくつになる」

「かなりの年で……。新宮《しんぐう》藩の指南役もやってるそうです。五十七、八ってとこですかね」

「老齢だな。体つきは」

「痩せた、五尺そこそこの小男で」

少し年をとり過ぎている気もした。父を斬った相手は剛剣の主である。吊るし斬りとは違う。踏みこんでくる敵の胴を両断するには、技だけでなく相当の膂力《りょりょく》もいる。五十ちかい、小柄な男には、その体力がないような気がした。

「野晒の旦那、あっしはこれで抜けさせてもらいやすぜ」

弐平は亀のように首を竦《すく》めた。

「やけに弱腰だな」

「同心の旦那や岡っ引きも動いてやしてね。いつ、あっしが牢人たちの身辺を探ってたことが、妖怪の耳に入らねえともかぎらねえんで」

弐平は顔を強張《こわば》らせて眉根を寄せた。

どうやら、弐平は本気で恐れているようだ。おそらく、鳥居の意を受けて動いている同心や配下の岡っ引きの目が身辺で光っているのであろう。

近ごろ、禁制の帯を締めていた商家の若女房を見逃した同心が、仲間の同心に密告《ささ》れて罷免《ひめん》されたり、改革を批判して捕らえられた男に、うっかり相槌《あいづち》を打ったというだけで小伝馬《こでんま》町の牢に放りこまれた岡っ引きなどがいた。

鳥居のとり締まりが過酷になればなるほど、奉行所内も陰鬱な雰囲気に包まれるようになってきていた。鳥居にすり寄って点数稼ぎをしようとする者、表面では従順な振りをしながら内心反発する者などが陰で敵対している。与力や同心が足の引っ張りあいをしているのだから、岡っ引きや下っ引きが、仲間を売るなど当然のことになる。

「いいだろう。せいぜい、鳥居の意に添うように、町触れの違反者でも引《ひ》っ括《くく》っていればいい」

「いやな、ご時世だぜ」

首を竦めたまま、弐平はとぼとぼと石仏のある荒れた庭を歩きだした。

弐平が恐れたとおり、身辺に火の粉《こ》が降りかかってきたのは二日後だった。

「弐平、しばらく、おとなしくしてろ」

と忠告したのは、同心の岡部だった。

車坂《くるまざか》の忠七《ちゅうしち》が、弐平の身辺を探っているというのだ。忠七は下谷《したや》車坂町に住む岡っ引きで、弐平と縄張《シマ》がちかいこともあって何かと張り合っている男だった。

「忠七だと……」

弐平はいやな気がした。仲間を売りかねない男だ。忠七は五十を越した皺《しわ》の多い貧相な爺《じじい》だが、蝮《まむし》のように執念深く冷酷だった。

弐平は、下っ引きの庄吉と又八を呼んで、しばらく、御禁制の櫛《くし》や簪《かんざし》をつけている女の尻でもおっかけてろ、と釘を刺したが、

「親分、あっしらは、辻斬りを洗ってるんだ。密告《さ》《さ》れるようなこたァ、してねえぜ」

と若い又八は不服そうな顔をした。

弐平の忠告にもかかわらず、又八は暇をみつけては、辻斬りが出る柳原通りや大川端に張りこんでいるようだったが、ひょっこり弐平のところへ顔を出し、

「親分、忠七ってえなァ、岡っ引きじゃァありませんぜ」

と満面に怒りを浮かべて、吐き捨てるようにいった。辻斬りを平気で見逃しているというのだ。

「よせ、又八、忠七にかかわるんじゃァねえ」

「親分、忠七は辻斬りとつながってますぜ。おいらが、尻尾《しっぽ》をつかんでやりまさァ」

と又八は逆に忠七の身辺を洗いだしたのだ。

その又八が斬られた。

弐平の家に顔を見せた三日後の夜、筋違御門のちかくの柳原の堤下で、肩口から臍《へそ》のちかくまで斬り下げられた又八の無残な死体が発見されたのである。

横たわった死体の耳のそばの地面に、又八の十手が突き刺してあった。八角棒身《はっかくぼうしん》、一尺八寸の八州番太《はっしゅうばんた》の持つような長い鉄製の十手である。

おめえにゃァ、その十手は重すぎる、もっと、短いのにしねえかい、と口の酸《す》っぱくなるほど言い聞かせたものだが、又八は意固地になって持ち歩いていた十手である。

その十手を握りながら、弐平は、又八の馬鹿が、死んじまったら、女も抱けねえし、飯も食えねえじゃねえか、といった後、大きな顔と猪首を真っ赤にし両腕の拳《こぶし》をブルブルと震わせ、死体の前につっ立ったまま動かなかった。

又八は二十歳《はたち》になったばかりだった。がきのころから弐平が下っ引きとして使い、ちかごろ、やっと一人前になってきたばかりだったのだ。

3

……この落としまえは、きっちりつけてやるぜ。

弐平は臓腑《はらわた》の煮えくり返る思いだった。又八が辻斬りに出くわせて斬られたとは思えなかった。間違いなく、忠七の手引きがある。

……岡っ引きが仲間を密告《さし》て、斬らせるたァ、なんてえ、了見でえ。

そう思うと、なんとも腹の虫がおさまらなかった。

だが、弐平は用心した。忠七は執念深い男である。弐平に圧力をかけるだけの狙いで又八を殺すはずはない。

又八の死体のそばに突き刺してあった十手は、次はおめえの番だぜ、という忠七の挑戦のような気がしていた。それに、又八の殺された翌日から、忠七の使っている下っ引きが弐平や庄吉の後を尾けているのだ。

忠七の狙いは、弐平自身を始末し、実入りの多い弐平の縄張《シマ》である神田界隈を自分の縄張にすることではないのか。やりかねない男だ。近ごろやけに羽振《はぶ》りがいいが、金のためだったら何でもする男なのだ。

……油断をすれば、こっちの首が危ねえ。

弐平は、まず、庄吉を姉が嫁いでいるという草加《そうか》の農家に一時身を隠させ、自分は浅草元鳥越《もととりごえ》町の棟割《むねわ》り長屋に住むお松の兄のところに身をひそめた。義兄は利三《としぞう》という、茶飯《ちゃめし》売りをしていたので、ときどき茶飯売りに化けて忠七の動向を探ってみた。

どうやら、松永町のそば屋には忠七の下っ引きが、張りついているようだった。

弐平にしても、このままいつまでも身を隠しているわけにもいかなかった。まず、忠七の使っている下っ引きのひとりを締めあげてみようと思った。

　忠七の下っ引きは四人いる。弐平は、二十歳前の若い松造《まつぞう》という男に狙いをつけた。弐平は女を使った。こんなときのために、金を握らせればいうことを聞く女を、二、三人手なずけてある。

「松造を、蔦屋《つたや》の離れに引っぱりこんでくんな」

　弐平は、おれんという蔦屋の女中に、そう頼んだ。蔦屋というのは、柳橋にある小料理屋だが、庭の隅に離れがあり、客がのぞむと女中が肌を売る。

　おれんはその蔦屋の売れっ子だが、弐平が一両握らせると、すぐに承知した。おれんは若いが男扱いには慣れていて、松造の出入りする飲み屋にたち寄り、酔ったふりをして巧みに誘った。

「ヘッ、へへ……。松造さん、ご機嫌じゃねえかい」

　おれんの代わりに、離れに姿を見せた弐平を見て、松造は腰を抜かさんばかりに驚いた。

「まるで、貉《むじな》にでも化かされたような顔《つら》をしてるぜ」

　弐平は愛想よく笑いながら、近付いた。

「……！」

松造は離れから飛びだそうと、障子に手をかけたが、動かない。前もって、障子の桟や雨戸が開かないようにくさびが打ちこんであったのだ。

「おっと、そんなに怖がるこたァねえやな。……そこに座ってくんな。一杯やろうじゃねえか」

弐平は松造の前に座って、銚子をとりあげた。

「松永町の……。ど、どういう魂胆でえ」

「なあに、魂胆なんざ、何もありゃァしねえぜ。ちょいと、話を聞かせてくれりゃァ、それでいいのよ」

「おめえに話すことなんざ、なにもねえ」

「そうかい、おめえ、ここの女中のおれんとしけこむつもりだったようだが。見逃したな」

「な、なんだと……」

「おれんの髷《まげ》に刺さってた簪《かんざし》よ。ご禁制の銀細工がしてあったなあ」

「し、知らねえ」

松造の顔は強張《こわば》った。

「知らねえったって、おめえ。言い逃れはできねえぜ。この店の女中が何人も見てるんだからよォ」

弐平は目を細めて、猫撫《ねこな》で声を出した。

近ごろ、意地の悪い同心や仲間の手柄を妬《ねた》んだ岡っ引きなどがよく使う手だった。若い娘に禁制の簪を挿《さ》させたり、本絹を持たせて市中を歩かせたりして、見回り同心や岡っ引きの目を引き、捕まると、袖の下に二、三両入れ、媚態を示して見逃してもらう。ところが、これが罠で、見逃した同心や岡っ引きはたちまち拘引され、罷免ならまだいいほうで、小伝馬町の牢にぶちこまれるはめになるのだ。

それを知っているから、松造は青くなった。

「ま、松永町の！　てめえ、はかりやァがったな」

声を荒らげて、松造は立ちあがり、懐《ふところ》に呑んだ匕首《あいくち》を抜こうとした。が、前に踏みこんだ弐平の動きのほうが早かった。腰の後ろから十手を抜き、襟首をつかんで先端を首筋に突きつけた。

「松造！　貉の弐平をなめるんじゃやねえ」

弐平の顔が豹変した。どす黒く紅潮し、鶉《うずら》の卵のような両眼を剝《む》いて、松造を睨《にら》みつけた。

「命までとはいわねえ。佐渡《さど》へでも送ってやるから、十年も辛抱してこい」

「それがいやなら、喋るんだ。……又八を斬ったのはだれなんでえ」

弐平は松造を柱に押しつけ、十手で喉を絞めあげた。

「い、岩本……」

「岩本兵左衛門かい」

弐平にも、又八の凄まじい斬殺死体を見たときから、岩本の手にかかった、という読みはあった。

「忠七が手引きしたんだな」

斬られる三日前から、又八は忠七の身辺を調べていたはずだ。その又八が岩本と偶然出会うことは考えられなかった。それに、岩本だけなら、十手を刺しておいたりしない。

「し、知らねえ……」

松造は蒼ざめた顔を強張らせた。首筋に鳥肌がたっている。さすがに、親分の忠七の名は自分の口からいえないようだ。

「松造、おめえは、もう、岩本の名を喋っちまったんだ。あとは、口を噤《つぐ》んでも同《おん》じことよ。……おめえはな、だれとも会わなかった、なにも喋らなかった。おれんも、ご禁制の簪なんざァ挿していなかった。そういうことにしとくぜ」

「…………」

松造が観念したようにちいさくうなずいた。松造が恐る恐る小声で話したことによると、忠七は弐平も岩本たちに斬らせる肚《はら》だという。

「そんなことだと思ったぜ。……ところで、忠七と岩本とはどういうつながりなんでえ」

「し、知らねえ」

ふいに、松造の顔が恐怖でひき攣《つ》り、体が震えだした。ひどく怯《おび》えている。

「まさか、おめえの親分が、辻斬りの手引きをしてるわけじゃァねえんだろ」

「……そ、そんなこたァねえ」

「なら、どうしてくっついてるんだい」

「親分は、お奉行さまのお指図で動いてるだけだ」

「お奉行さまの……」

鳥居の顔を思い浮かべて、弐平はぞっとした。

そして、忠七もあの木村道場に出入りし、三味線堀の狐火の指図で動いているのではないか、と気付いた。

「するてえと、野晒の旦那のこともつかんでるのかい」

弐平は唐十郎たちのことが気になった。

そのとき、ふいに、松造の顔が奇妙に歪《ゆが》み、口端に勝ち誇ったような嗤いが浮いた。

「……首斬り屋の二人は、辻斬りとして、親分たちが追ってるぜ。……それだけじゃァ、ねえや。松永町の、おめえと庄吉は辻斬りを手引きしてるってことになってるんだぜ。それで、親分やおいらたちが尾けまわしてたのよ」

そういうと、松造は急に勝ち誇ったような顔をして、襟元をつかんでいた弐平の手を振り払うように肩を揺すった。

「な、なんだと！」

弐平は驚いた。

辻斬りの一味として唐十郎や自分たちを始末する気なのだ。

……忠七だ！

忠七の考えそうなことだ。自分や又八たちを一気に始末する罪状をデッチあげる必要があったのだ。この卑劣な計略に、牢人たちを仕切っている三好が乗ったに違いない。

「野郎！　てめえたちの、思いどおりにゃァさせねえぜ」

弐平は顔を真っ赤にして松造を突き飛ばすと、脱兎のごとき勢いで、蔦屋の離れを飛びだしていった。

外は、強い風が吹いていた。黒雲が礫《つぶて》のように流れている。弐平はその強風に逆らいながら、猪首を両肩に埋めるようにして走った。

4

柳原の堤は筋違橋から浅草御門まで、およそ十町ほど続いている。享保《きょうほう》年間（一七一六〜三六）に、将軍吉宗《よしむね》が柳原という地名にちなんで柳を植えさせたと伝えられている。筋違橋と和泉橋との間に、柳の森稲荷という叢祠《そうし》があり、ふだんでも寂しい地だが、このところの辻斬り騒ぎで、日が沈むとぴたりと人通りが途絶えてしまう。

およそ、弐平が蔦屋を飛びだす一時《いっとき》（二時間）ほど前のことになる。柳原通りは、夕立でも来そうな雲行きだった。黒雲が西の空を覆い、叩きつけるような風が土手の夏草をなびかせている。

ヒューヒューともの悲しい音をさせて風になびく柳枝の下を、前後左右四人の屈強の武士に警護された駕籠が急ぎ足で過ぎて行く。武士たちはいずれも黒羽織姿だったが、袴の股立ちをとり羽織の下は襷がけで両袖を絞っていた。

駕籠の主は勘定奉行土岐丹波守頼旨《ときたんばのかみよりむね》の用人、市村夏之助《いちむらなつのすけ》である。主命を受け、柳橋の料理屋で大目付の遠山や同じ勘定奉行の用人たちと密談した後、昌平橋たもとにある土岐の屋敷に帰る途中だった。

駕籠が柳の森稲荷の前にさしかかったとき、土手際の茫々《ぼうぼう》とした叢《くさむら》から数人の牢人が躍りでて行く手をふさいだ。

警護の武士は、颯《さ》ッと駕籠をとり囲み黒羽織を脱ぎ捨てた。

「出おったな、辻斬りども」

いずれも、土岐家の腕自慢の者たちなのであろう。腰を沈め斬撃の姿勢をとったまま、睨むように牢人たちを見すえていた。

先に斬りかかったのは牢人たちだった。野犬のような獰猛《どうもう》な目をして果敢に白刃をふるったが、警護の武士たちのほうが腕は上だった。

二人の牢人が斬られ、残った三人の目に怯えが走り後退《あとずさ》りしはじめたとき、柳の樹陰から、ゆらりと痩身の武士が姿をあらわした。

蓬髪《ほうはつ》。前髪が顔の前に垂れて蒼ざめた顔を覆い、死霊のような雰囲気を漂わせている。

その冷たく表情のない顔の前で、刀身が月明かりを反射して蒼白い光を放ってい

と呟くようにいった。

「五郎清国、吸いこむような肌だ……」

榊原は落とし差しにした刀をスラリと抜くと、月明かりに刀身をかざし、

る。榊原杏之介である。

「何者！」

と警護の武士の一人が誰何《すいか》すると、

「神道無念流、榊原杏之介……」

と物憂いような口調でいい、腰を沈めて下段に構えた。

ふつう、下段の構えは、上、中段にくらべて切っ先に凄味が加わる。切っ先を下げると、対峙した敵にそのまま突かれるという恐怖感を与えるからだ。人は斬られるより、突かれることを本能的に恐れるものらしい。

榊原の下段には、その凄味がなかった。ふわり、とした感じでたよりなげに立っているだけに見えた。

だが、その身辺には、骨を凍《こお》らせるような殺気が漂っていた。

榊原に対峙したのは二人だった。残る二人は、駕籠の左右にいて、牢人たちが市村を襲うのを牽制していた。迂闊《うかつ》に駕籠のそばを離れるわけにはいかなかった。市村を守るのが武士たちの使命だったからだ。

榊原の正面に立ち、切っ先をあわせた長身の武士は、榊原の威圧感のない構えを侮《あなど》ったのか、星眼に構えたまま無造作に一足一刀の間境を越えた。

刹那、榊原の体が躍った。凍りつくような殺気が大気を裂き、体が黒い疾風《かぜ》のように前に走った。

榊原は擦《す》れ違いざま、星眼から振りあげようとした敵の手首を斬り、脇をすり抜けながら右手にいた武士の脇腹を跳ねあげるように斬っていた。

凄まじい斬撃だった。一陣の疾風《かぜ》のように、榊原の体が走ったように見えただけだった。その体の捌《さば》きも太刀筋も見えなかった。

腹をえぐられた武士は呻き声をあげながら蹲《うずくま》り、手首を落とされた武士は絶叫しながら後退った。

「妖刀、五郎清国。まさに敵を引き寄せて斬る……」

そう呟きながら、榊原は残った二人の武士に近付き、ひとりを袈裟に斬りさげ、甲《かん》声《ごえ》を発しながら斬りこんでくるもうひとりの胴を薙《な》ぎ斬った。

「う、うぬら、鳥居の手の者か」

外の異変を知った市村は駕籠から出てくると、震えながらも切っ先を榊原に向けた。頰の弛《ゆる》んだ肥満体の男だった。恐怖に両眼を瞠《みひら》き、歯を剝きだしてあえぐように荒い息をはいていた。

すかさず、市村の背後から牢人が袈裟に斬りさげ、前に倒れたところに躍りかかって首を押し斬りにして絶命させた。獰猛《どうもう》な目をした男だった。首を斬ると、牢人は血だらけの手で市村のもとどりをつかみ、首を叢《くさむら》に放り投げた。

牢人たちは、倒れた市村や武士の懐を下卑《げび》た嗤《わら》い声をあげながら漁《あさ》り、死体を足蹴にした。まさに、死体を貪《むさぼ》り食う飢えた狼の群れだった。

この惨殺の様子を、茫々と生い茂った叢のなかに身をひそめて見ている者がいた。相良と咲である。二人は榊原たちが木村道場を出たときから後を尾けていたのだ。

相良は傍らにいる咲に、声を出さずに、

……サキ、アレガ、ゴロウキヨクニジャ、と伝えた。

咲は読唇術で、相良のことばを読みとり、ちいさくうなずいて見せた。

市村と護衛の武士を始末した牢人たちは、ひとかたまりになって、浅草御門の方に歩きだした。

相良と咲は土手沿いに一団の後を追った。

牢人たちは柳橋のたもとにある縄暖簾《なわのれん》の飲み屋に入ったが、榊原だけはひとり浅草御蔵の前を通って吾妻橋方面へ向かった。どうやら、本所番場町にある木村道場に帰るつもりのようだ。

木村道場のなかは、ひっそりしていた。榊原は声もかけずに、玄関からなかに消えた。道場内に人はいるらしく、破れた雨戸の隙間から灯明《とうみよう》がかすかに洩れている。

相良は、咲を植えこみの陰に潜ませておいて、自分だけ、そろそろと道場内の見える連子《れんじ》窓のそばに近寄った。

見ると、道場の四隅に灯明が点り、牢人たちは柱に寄りかかったり、床板に胡座《あぐら》をかいたりして酒を飲んでいた。榊原も道場の隅の柱に身をもたれさせて、牢人のひとりが手渡した徳利から酒をついで飲みはじめていた。

牢人は、榊原を除いて三人。岩本の姿はない。咲のそばにもどってきた相良は、五郎清国を奪い返すまたとない機会じゃ、といった。

「すると、今夜、ここを襲うと」

「狩谷さまと本間さまをお呼びせい」

「はい」

「子《ね》の刻《こく》（午前零時）過ぎ、やつらの寝こみを襲おうぞ」

そういうと、相良は、行け、と咲に目で合図した。

5

狩谷さま、狩谷さま……。

雨戸の外でする若い女の声に、唐十郎は目を覚ました。咲である。いそいで着替えて外に出ると、咲といっしょに弥次郎が立っている。

「若先生、五郎清国を持った牢人が、木村道場に潜んでいるそうです」

弥次郎は裁付袴《たつつけばかま》に草鞋《わらじ》ばきである。めずらしく、黒羽織を肩に羽織り、小袖の袖を襷で絞っている。どうやら、その木村道場を襲撃する気で来ているようだ。

咲から事情を訊くと、榊原を斬って五郎清国を奪い返すには、またとない機会だというのだ。

「まるで、押し込みだな」

そういったが、唐十郎も、榊原を討つ好機ととらえた。岩本と榊原が別々にいる機会はそうはないのだ。

咲の後ろについて、唐十郎と弥次郎が枝折戸《しおりど》から出ると、フッ、と板塀の陰で黒い人影が動いた。

尻《しり》っ端折《ぱしょ》りに紺の股引《ももひき》。岡っ引きの風体《ふうてい》である。小柄で老齢だが、鉤鼻《かぎばな》で鋭い目をしている。狡猾そうな男だ。

この男が車坂の忠七である。

忠七は、後難を逃れ神田界隈の縄張《シマ》をそっくりいただくためには、弐平のほかに小宮山流居合を遣う二人も始末する必要があると考えていた。

まず、忠七は、辻斬りとして引っ括《くく》るのにうってつけの男がいる、と三好の耳にいれた。

三好から話を聞いた鳥居は、すぐにこの奸策《かんさく》に乗り、

「辻斬りのなかに試刀家がいるというぞ。武士の首を刎《は》ねて斬れ味を試すなど、お上を恐れぬふとどき者、なんとしてもお縄にしろ」

と腹心の与力や同心に命じたのである。

また、三好は牢人たちを集め、

「己の首が試される前に、斬れ」

と厳命した。

忠七は三好に根回しをした後、二人を斬る手引きをするつもりで、ここ数日、小宮山流居合の道場を張っていたのだ。

しばらく、忠七は三人の後を尾けていたが、浅草御蔵あたりまで来ると何を思ったか急に駆けだして、吾妻橋を先に渡った。

伊賀者の咲も、岡っ引きの尾行などまったく予想しなかったため、忠七のことは気付いていなかった。

唐十郎たちが、木村道場の板塀の破損したところから中に入ると、植えこみの陰に相良がいた。

「すぐに、ご用意を」

相良は、すでに物音がしなくなって半時《はんとき》（一時間）は経つ、眠っているようだ、と小声でいった。

唐十郎は祐広の目釘を湿し、両袖を下げ緒の襷で絞った。弥次郎も羽織を脱ぎ、袴の股立ちをとった。相良は黒装束で、反りのない黒鞘の忍刀をさしていた。咲の腰には一尺二、三寸の小脇指がある。

「何人おる」

唐十郎が相良に訊いた。

「四人、腕のたつのは榊原ひとりかと」

「うむ……」

「いかがいたしますか。煙玉を使って、外へ炙《あぶ》りだすこともできますが……」

「いや、なかがよい」

剣の諸流は、屋外の闘争を想定して編まれているものが多いが、小宮山流居合には室内を想定した動きが多くある。初伝八勢の正座、立膝からの基本形は、狭い室内での太刀《たち》捌《さば》きをとりいれている。室内の闘いは、居合にとっては有利なのだ。おそらく、なかにいる牢人たちは桟《さん》や障子が邪魔になって思うように刀が遣えないだろう。

「だが、暗闇の斬りあいは同士討ちする恐れがある」

何人もで踏みこむのは危険だった。

「御覧くだされ。あそこに連子窓がございます。多少、月明かりが差しこみましょうし、拙者が雨戸をひとつ外しますゆえ」

そういうと、相良は身を低くしたまま忍び寄り、フッと腰を屈めると、苦無《くない》で雨戸を一枚外して脇に立てかけた。まったく音をたてない。

「踏みこみますか」

「おれと弥次郎とでなかに入る。貴公と咲どのは、飛びだしてくる敵を討てばいい」

「心得ました」

相良と咲が一間ほど下がると、まず、唐十郎が、続いて弥次郎が踏みこんだ。

道場の中は閑寂としていた。淡い月明かりに、夜具らしいものがいくつも黒い塊《かたまり》になって見えた。夜気が冷え冷えとしている。床に人のいる気配がない。

「若先生！」

弥次郎の叫び声と同時に、バタッ、バタという板戸の倒れる音と激しい足音がした。道場の四隅の闇が揺れ、そこに鈍く光る目と短い息遣いがあった。

……罠だ！

澱《よど》んだような闇のなかに、白刃の鈍い光がある。唐十郎は走った。走りながら鯉口を切った。身を低くし、黒い闇を裂くように抜きつけの一刀を放った。

小宮山流居合、霞切《かすみぎり》。飛びこみながら、敵の脇腹から逆袈裟に斬りあげる。己の上体を折るように低くして間合にはいるため、一瞬、相手は踏みこんでくる敵の姿を見失う。薄闇や濃霧のなかの視界が閉ざされた場所で効果を発揮する技である。

骨を断った手応えがあり、ギャッ、という絶叫があがる。熱い血が闇に飛び、黒い人影が足元に倒れこむ。

同時に、襖《ふすま》や障子を破る音、荒々しい足音、気合、息遣い、刀身の触れ合う音などがいっせいに起こり、黒い人影がいくつも交差した。夜気が揺れ、殺気が充満する。

「おもてへ！　若先生、おもてへ」

弥次郎の激しい声が響いた。

バタン、という雨戸を蹴破る音がし、続いて、弥次郎を囲んだ一団がおもてに飛びだす激しい足音がした。

唐十郎が弥次郎の後を追おうと、雨戸の方に身をひねった瞬間だった。道場の隅に、異様な殺気を感じた。白く蛇腹のように光る刀身が、スーッと闇をなぞり、肺腑《はいふ》をえぐるような殺気を放射しながら、黒い人影が迫ってきた。闇のなかを疾走する獣のように迅速だ。

……五郎清国！

唐十郎の脳裏に閃《ひらめ》いた。迫ってくる男の持つ刀身には、闇のなかで白く発光するような冴えがある。

魅入られたように、唐十郎はその白刃を目で追う。刹那、闇を裂くような激しい斬撃がきた。

唐十郎は咄嗟《とっさ》に刀身をはね、背後に飛んだ。キーン、という金属音が闇に響き、唐十郎の肩口に叩かれたような感触がはしった。刃唸りがし、続いて、二の太刀がきた。間一髪、唐十郎は背後に飛び退って、切っ先を躱《かわ》す。

闇のなかに敵の姿が巨巌《きょがん》のように膨れあがり、激しい気勢が急迫する。

……稲妻を遣え！

反射的に、唐十郎は横一文字に稲妻の太刀をふるって、一瞬、敵の出足をとめ、パッと身をひるがえして、庭に逃れでた。

すぐに、後を追って黒い人影が庭に飛びだし、続いて、三、四人の人影が周囲をとり囲むように庭に出た。

板塀を背にするために庭の隅に走りながら、唐十郎は薄闇のなかに弥次郎の姿を探した。植えこみを背にして背後からの攻撃を避ける位置に立ち、三人ほどを相手に斬り合っている弥次郎の姿が見えた。

「弥次郎！　逃げろ」

待ち伏せされたのは、こっちのようだ。敵は十数人。牢人たちのなかには手練《てだれ》もいる。助かるためには、囲みを破って逃げるしかない。

唐十郎を追ってとり囲んだ牢人のなかに、異様な殺気を放つ者がいた。さきほど、五郎清国で激しい斬撃をしかけてきた男だ。蓬髪痩身。黒の着流しの牢人だった。ゆらりと立った体はたよりなげで覇気はないが、その奥底にぞっとするような殺気を秘めている。

「何者！」

「榊原杏之介……」

だらり、と両腕を下げて下段に構え、ゆっくりとした歩調で間合をつめてきた。

間合はおよそ二間、すでに抜刀している唐十郎は、同じ下段に構えて、山彦で応じようとした。

「榊原、そいつは、おれに斬らせろ」

ふいに、唐十郎の背後で胴間声がした。

瞬間、振り返ると、巨軀、風貌魁偉《ふうぼうかいい》、巌《いわお》のような男が目に入った。黒の打裂羽織《ぶっさき》の裾が薄闇のなかでひるがえった。

……岩本兵左衛門！

唐十郎の体に戦慄がはしった。虎狼に挟まれた兎だった。前後の強敵を相手に、山彦も無力だ。

……逃げねば！

唐十郎は祐広を下段に構えたまま、脇へ跳んだ。

岩本は、ギラリ、と胴田貫を抜き放ち、腰を沈めたまま摺《す》り足で迫ってきた。まさに、獲物を追いつめる大鷲のようにぐいぐいと間合を狭めてくる。凄まじい殺気だ。

唐十郎は下段に構えたまま、摺り足で背後に逃げた。

榊原が、下段から前に跳んだ。

唐十郎が逆袈裟に斬りあげた榊原の刀身を祐広の峰で弾《はじ》いた瞬間、岩本の剛刀が唐十郎の肩口を襲った。

そのときだった。唐十郎と岩本の間に飛びこみ、その胴田貫を弾こうとした者がいる。咲である。小脇指で必死に胴田貫を受けようとしたが、岩本の激烈な斬撃に対して、あまりに非力だった。

斜《しゃ》に受けた小脇指が、カッ、という音をたててはね飛んだ。

「小ねずみめ!」

バサッと岩本の打裂羽織がひるがえった。掬《すく》いあげるような二の太刀が、咲の太腿のあたりを襲う。

咲は腰が砕けたようによろよろと後退り、がっくりと片膝をついた。その咲を追って、上段から斬り落とそうとした岩本の腕に、大猿が疾風のように駆け寄って飛びついた。同時に、唐十郎の周辺で、バン、バンと暗薬《あんやく》（硝石、硫黄《いおう》、木炭などを混合した煙幕用の投擲弾《とうてきだん》）が破裂した。

煙のなかで、キィ、キィ！　と、喉を裂くような猿声が響き、空中に跳ねあがった猿の体が、血を散らせながら二つにはね飛んだ。岩本が腕に飛びついた大猿を空中に放り投げ、そのまま両断したのだ。

もうもうと煙があがる。続いて、パン、パン、パンと甲高い銃声のような音が続けざまに鳴り響いた。

敵襲、と思ったらしく、牢人たちは硝煙のなかに身を伏せた。

「咲、新たな敵か……！」

唐十郎は片膝をついたままの咲のそばに駆け寄った。

「組頭です。百雷銃《ひゃくらいじゅう》を使いました」

「詭計《きけい》か」

どうやら、小さな竹筒に仕込んだ火薬が連続的に爆発する仕掛けらしい。

「狩谷さま、血が！」

咲が唐十郎の肩口に目をやった。

榊原の切っ先を受けたらしい。肩口の着物が裂け、血が染みていた。幸い、傷は浅いとみえ、痛みはほとんどなかった。

唐十郎は咲に近寄って抱き起こそうとした。

「狩谷さま、おひとりで、早く……」

咲は唐十郎の手を払いのけた。ひとりで逃げろ、というのだ。

見ると、片膝をついた咲の細い裁付袴《たつつけ》が裂け、太腿あたりが血に染まっていた。岩本に斬られたようだ。出血が激しい。咲の顔は強張り、蒼ざめていた。

「身代わりになった者を、捨てておけるか」

そういうと、唐十郎は咲の腕をとって抱えあげ、硝煙のなかを駆けだした。

6

大川の岸辺まで来た唐十郎と咲は、背後に迫る複数の足音を聞いた。しだいに狭まってくる。咲も自分では歩けぬほど弱っていた。

……このまま逃げられぬ。

と唐十郎は観念した。

それに、すぐにも咲の出血を止める必要があった。すでに袴の裾までぐっしょりと血に濡れ、路上に血の滴《しずく》を落としていた。顔も土気色になり、息も荒い。介錯人として多くの人の命を断ってきた唐十郎は、人はどの程度の出血で死ぬか知っていた。

……はやく、血を止めねば。

と思いながら、背後に迫る足音から逃れるためにここまで来てしまったのだ。

「狩谷さま、咲をおいて逃げてください」

咲は、立ち止まった唐十郎に、強い口調でいった。まだ、これほどの気力があるのか、と思えるほどのきつい声だった。

「そうはいかぬ」

唐十郎は渡し場近くの石垣に咲の背をもたれさせると、足音のする方に歩んだ。咲の身を守りながらでは闘いづらかったのだ。

そのとき、石垣の脇から、ひょいと姿をあらわした短軀の男がいる。

「旦那、ここは逃げの一手ですぜ」

貉の弐平である。

「弐平、なぜ、おまえがここに」

「そのわけは後にしやしょう。旦那にここで死なれると、あっしも困るんでね」

弐平はニヤリと嗤うと、ひとまず、あそこへ、といって、石垣のそばにある荒れた小屋を指差した。そこに、二人で身を隠せ、ということらしい。

「あっしは、猪牙舟《ちょき》で、追っ手をまきやすから」

そういうと、弐平は跳ぶような足取りで、渡し場に舫《もや》ってある猪牙舟の方に走った。

弐平は猪牙舟に飛び乗ると、着ていた濃紺の半纏《はんてん》を船梁《ふなばり》の上に丸めて置いた。そうやっておくと、夜闇で霞んだ舟内にだれか乗っているかのように見える。

弐平の乗る猪牙舟を目にして、五、六人の牢人がばらばらと渡し場に駆け寄った。

そのとき、すでに、弐平の猪牙舟は大川のなかほどまで漕ぎだし、両国橋方面に牙《きば》のような水押《みよ》しを向けていた。

唐十郎と咲は息を殺して、去っていく牢人たちの足音を聞いていた。

小屋の中には、床几《しょうぎ》、水甕《みずがめ》、桶、破れた雪洞《ぼんぼり》などが放りこんであった。どれもうっすらと埃《ほこり》をかぶっている。しばらく人の出入りはなかったようだ。おそらく、生活統制令が出る前までは、ちかくに水茶屋があったのだ。水野の改革の嵐は、庶民のささやかな楽しみだった水茶屋にまで及び、閉店を余儀なくされたに違いない。

「まず、血を止める」

唐十郎はそういうと、手早く床几を脇に積みあげ、そばにあった茣蓙《ござ》を敷いた。

「咲どの、そこに横になってくれ」

「い、いえ、咲は、だいじょうぶでございます」

咲は、狼狽《ろうばい》したように首を横に振りながら後退った。蒼ざめた顔にポッと朱が差した。傷は太腿である。血を止めるためにはそこを露出せねばならない。咲は、我が身を削《けず》るほどの羞恥心をいだいたに違いない。

「恥じてる場合ではない。そこへ」

唐十郎は脇指を抜いた。

「い、いやです」

顔を強張らせ、怯えたような表情を浮かべた。

「このままでは、死ぬぞ。おれを男と思うな」

唐十郎の声は平静だったが、有無をいわせぬ強い響きがあった。

「……………」

「目を閉じていろ、すぐに済む」

咲は両腕で胸元をかき合わせるようにして莫蓙の上に腰を落とし、足を伸ばした。

唐十郎は血に濡れた袴を脇指で裂いた。傷は深く、骨まで達しているようだった。

ざっくり割れた傷口から鮮血が迸《ほとばし》るように流出していた。

露《あらわ》になった肌は陶器のように白く、掌《て》の中の魚身のようにビクビクと震えていた。男を知らない、しなやかな若竹のような肌だ。

唐十郎は脇指で己の袖布を裂き、太腿のつけ根あたりにまわした。唐十郎の手が肌に触れたとき、咲は、ビクン、と身を震わせたが、両目を閉じたまま上半身を背後にねじるようにして、じっと耐えていた。

咲は唇を嚙んで、声を洩らさなかったが、土気色をした顔の頰のあたりに赤みが差し、天井に向けられた黒瞳《こくどう》が濡れたような光を帯びていた。

「しばらくは、これでよい」

唐十郎は立ちあがった。

次は、どうやってこの場から逃げだすかだった。牢人たちがあたりを徘徊し、二人を探しまわっていることは確かだ。咲を背負って、松永町の道場まで帰るのは危険過ぎる。かといって、夜が明けるまで、この小屋に潜んでいるわけにもいかなかった。

咲の止血は一時的なもので、早く傷口を洗い、塗り薬をつけなければ、膿《う》む恐れもあった。それに、襲撃時に離れ離れになった弥次郎のことも気になった。

「とにかく、ここを出よう」

板戸の節穴からのぞくと、外に人のいる気配はなかった。

唐十郎は咲を背負って小屋の外に出た。咲は自分で歩くといったが、これ以上、出血すると気を失う、というと、おとなしく背負われた。

思ったより、咲は軽かった。はじめは嫌がっていたが、しばらく大川に沿って歩くと、唐十郎の背に張りつくように身を寄せ、両肩にまわした手に力をこめてきた。

吾妻橋の手前まで来たとき、二人の背後から、一艘の猪牙舟がスーッと漕ぎ寄せてきた。

「野晒の旦那、どこへいくつもりなんです」

船頭は貉の弐平だった。

「弐平か、とにかく松永町にもどる」

「だめだ、道場には手がまわってる。舟に乗ってくれ」

弐平は、すぐに近くの岸に舟を着けた。

「どういうことなんだ」

「妖怪の指図で、岡っ引きまで動いてやがる」

唐十郎と咲が舟に乗りこむと、弐平が経緯を話した。

南町奉行の鳥居は、ちかごろ江戸の町に出没する辻斬りとして、唐十郎や弥次郎を捕縛するよう命じたという。そして、今も松永町の道場や相生町の弥次郎の家の近くに、岡っ引きや胡散臭《うさんくさ》い牢人が張りこんでいるというのだ。

「己の悪業を、おれたちに肩代わりさせる肚《はら》か」

「車坂の忠七ってえ、岡っ引きがしかけやがったんで」

弐平は、下っ引きの松造の口を割らせた経緯を話した。

「それで、忠七が張りついてることを旦那に知らせようと、松永町の道場に行ったんだが、だれもいねえ。もしや、と思って、木村道場へまわってみると、あの騒ぎだ」

「弥次郎はどうした」

唐十郎は気になっていたことを訊いた。

「黒装束の男が、庭から連れだしたようですが……」

弐平は猪首をひねった。その先はどうなったか分からないようだ。

「伊賀者ともあろう者が、不覚でした……」

船梁《ふなばり》に腰を落としている咲が悔しそうにいった。

岡っ引きに尾けられていることに気付かなかったことを恥じているのだ。

「仕方あるまい、まさか、こっちが尾けられているとは思ってもみなかったからな」

油断だった。辻斬りの身辺を探っているつもりが、こっちが探られていたわけだ。

「どこへ行きやす」

弐平が訊いた。

神田川に入って松永町に行くことはできるが、道場にもどるのはよした方がいい、というのだ。

「本所の緑《みどり》町に空屋敷がございます。われら明屋敷番が管理しておりますので、ひとまずそこへ身を潜めたらいかがでしょうか」

と咲がいった。

それに、もし、組頭がいっしょなら、弥次郎たちも、いったん、そこへ逃げのびるはずだというのだ。

「弐平、本所へ舟をまわしてくれ」

「へい」

本所の緑町は、大川から竪川に入り二ツ目橋をくぐったところにある。

弐平は巧みに櫓《ろ》を使って大川を下っていた。両岸の屋並は夜闇に沈み、頭上の月ばかりが煌々《こうこう》と輝いていた。ときおり起こる疾風に、大川の川面は銀繍《ぎんしゅう》のようなさざ波を岸辺へ寄せていた。

咲は船梁に身をあずけ、目を閉じていた。蒼ざめた顔が、月の光を受けて白く浮きあがって見えた。ときどき苦しげに眉根を寄せたが、呻き声ひとつ洩らさなかった。

緑町の空屋敷に弥次郎は逃げのびていた。

唐十郎の顔を見ると、

「若先生、ご無事で……」

と言葉をつまらせて喜んだが、自分は肩口と腕に深い傷を負っていて、起きあがることもままならなかった。

第四章　暗闘

1

天保十四年（一八四三）六月に公布された上知令《あげちれい》に対し、対象となる江戸、大坂周辺十里四方で激しい反対運動がおこった。領主は実質収入の減収を、農民は年貢増を、町人は領主変更により借金が踏み倒されることを恐れて、対象地域に飛び地を持つ大名や旗本はもとより、百姓町人までが一致して激しく抵抗したのである。

こうした反対運動の激化は幕府中枢をも巻きこみ、反対派が勢力を増すなかで、水野派はしだいに孤立するようになってきた。

当初は、遠山左衛門や跡部山城守など、大目付や奉行職などにある数名の要人が反対派の中核であったが、土井利位《としつら》や堀田正睦《まさよし》などの老中が加わると、他の多くの要人が雪崩《なだれ》を打つように反対派につき、水野忠邦を支持する者は、鳥居や渋川などごく限られた者になってきた。

こうなると、鳥居のような男は焦《あせ》る。人一倍権勢欲が強く、己《おのれ》の出世のために平気で他人を蹴落としてきた男ほど、一度窮地に立たされると平静さを失い、失地を回復するために暴挙に出るものなのである。

鳥居は水野に反対する要人たちを「姦臣《かんしん》」と称して弾劾し、裏では、

「上知に反対する者は、幕府に弓ひく者。斬ってもかまわぬ」

と牢人たちにけしかけ、執拗、果敢に反水野派の斬殺を謀《はか》った。

だが、鳥居は過激な命令を下せば下すほど、己は影に身を潜め奉行所からあまり出なくなった。そして、辻斬りの狙いは妖刀、五郎清国の試し斬りである、との噂を市中に広めさせたのである。

これが、権謀術策で世を渡ってきた鳥居の狡猾《こうかつ》さだった。

まず、辻斬りは、五郎清国の所持者である久野孫左衛門の手の者であることを示し、土井の腹心の久野と他の要人との反目を狙う。そして、もし、五郎清国の紛失が問題になれば、将軍家より拝領の刀を失った責任をとらせ、久野自身を追いつめることもできる。まさに、二重の罠を仕組んだのだ。

しかも、鳥居自身は辻斬りの捕縛に全力をつくし、ことが済めば追いつめて斬り殺したことにすればいい。

その辻斬りの罪状を着せ、始末するのに、ぴったりの男があらわれた。忠七から話のあった試刀家狩谷唐十郎と介添人の本間弥次郎である。

この両名は、屍《むくろ》を両断し、首を刎《は》ねることを生業としている悪鬼のような男であ

る、世間を納得させるに、これ以上の人物はいない、と鳥居たちは踏んだのである。

一方、江戸市中に五郎清国による辻斬りの噂が広まってくると、早急に五郎清国をとりもどすことと反水野派の要人の警護が、久野や土井にとって生死を決する重大事となってきた。

「伊賀者の総力をあげて、五郎清国をとりもどしてくれ」

土井は相良を屋敷に呼んで、じきじきに頼んだ。

相良は影の組頭として三人の番頭を通し、明屋敷番、百十名の伊賀者を支配していた。明屋敷番の任務は空屋敷の管理や処理である。大名や旗本の改易《かいえき》や屋敷替えにより、江戸府内に空屋敷ができると、その処理を出入りの商人と交渉したり、交替で住んだり見まわったりする。したがって、管理と財務の役目であり、隠密や警備などとはほど遠い役職である。

忍びの術も必要でなくなって久しい。多くの伊賀者は徳川幕府の太平が確立してから、他の旗本や御家人と変わらぬ安穏《あんのん》な暮らしを続けてきたが、なかには伊賀者本来の忍びの術を脈々と子孫に伝えている者もいた。

相良は明屋敷番だけでなく、御広敷番として大奥の警護にあたっている伊賀衆のなかからも、腕のたつ伊賀者を密かに集めた。

十三人の伊賀者が相良の命で動きだし、牢人たちの狩りがはじまった。

まず、夜陰にまぎれて番場《ばんば》町の木村道場を奇襲した。だが、戦果ははかばかしくなかった。忍びの術も探索、調査などの隠密行動には力を発揮するが、人を斬って生きてきた無頼の牢人たちの方が、斬殺の腕は上だったのだ。しかも、岩本や榊原のような鬼神のごとき剣客もいた。

この奇襲で、落命した伊賀者が三名、負傷した者が四名。集めた伊賀者の半数ちかくが、戦列から離脱した。討ちとった牢人は、四名だった。

さらに、辻斬りにあらわれた榊原を討とうと、数名が襲ったが二名が返り討ちにあったという。

「失策でござった。やはり、榊原と岩本はわれらの手に負えませぬ」

緑《みどり》町の空屋敷で、相良は苦々しくいった。

「まだ、やつらは木村道場にたむろしているのか」

唐十郎が訊いた。

この空屋敷に唐十郎と弥次郎がこもってから五日経つ。弥次郎と咲の傷はまだ癒《い》えなかったが、起きて歩けるほどには回復していた。

「きゃつらは、散りました」

「散った……」

相良の話によると、相良たちの奇襲後、牢人たちは木村道場を離れ、それぞれ江戸市内のどこかに身を隠しているという。

「五郎清国はだれの手にある」

唐十郎は木村道場で榊原の手にしていた刀が五郎清国ではないかと思っていた。

「ほかに、己の差料を五郎清国と自慢している牢人もおりますが、間違いなく榊原が」

「まだ、ほかの牢人に模造刀《うつし》を持たせているのか」

おそらく、五郎清国の所在を隠すためなのだろうが、榊原に本物を預けているのも納得がいかなかった。

その疑問を唐十郎が話すと、

「いえ、屋敷内に秘蔵してあるなら、われら忍びの手で、いくらでも盗みだすことができます。ですが、榊原のような男に肌身離さず持っていられると、かえって手の出しようがないのです。おそらく、伊賀者が相手と知っての策でありましょう」

と相良は、鳥居たちの狡智をいい、

「あの榊原という男、まるで五郎清国で斬るのを楽しんでいるようでございます」

と困惑の表情を浮かべた。

「榊原がどこに潜んでいるか、つかんでいるのか」

いつか、榊原と決着をつけねばならないと思っていた。

「それが、まだ……。ちかいうちにかならず」

そういうと、相良は立ちあがった。

辻斬りを探して唐十郎が出歩くことはできなかった。江戸市中には、唐十郎を捕縛しようと狙っている岡っ引きの目が光っている。唐十郎に榊原を斬ってもらうには、隠れ家をつかみ、ひとりになったところを襲うより他にないことを、相良も承知していたのだ。

その夜、空屋敷に弐平が顔を出した。

「どうです、本間さまの具合は」

まず、弐平は奥の座敷で休んでいる弥次郎の容体を訊いた。

「あと、十日もすれば、もとのようになろう」

「そいつは、よかった。ご新造さんも心配してるようなので、そっと知らせてやりますよ」

「りつどのと娘さんに変わりはないか」

唐十郎は、口には出さなかったが、弥次郎が女房のりつと娘を気にしていることを知っていた。

「へい。家のちかくを、忠七の下っ引きがうろうろしてるようだが、変わった様子はありません。……それより、松永《まつなが》町の道場なんですが」

弐平はいいにくそうに太い眉根を寄せた。

「どうした、何かあったのか」

「へえ、忠七の野郎が押し入り、ちょうど居合わせたおかねさんが……」

「おかねがどうした」

「忠七に締めあげられて。……足に怪我を」

弐平の話によると、忠七は唐十郎の居所を聞きだそうとおかねを縛りあげ、道場にあった木刀で脅したという。

「足腰を叩いたらしいんだが、足に怪我したらしくて……」

しばらくは、寝たままだというのだ。

「馬鹿な……」

おかねが、おれの居所を知るわけがない。それにしても、おかねのような人のいい老女を縛りあげて打擲《ちょうちゃく》するとは……。おそらく、忠七という岡っ引きは女子供も容赦しない酷薄な男なのだろう。

「実はね、又八のやろうが、その忠七のお陰で殺《や》られましてね」

そういうと、弐平はめずらしく悔しそうな顔をした。

弐平は懐中から財布をとりだすと、又八が斬られた経緯をかんたんに話し、今日は、野晒の旦那に頼みがあって来た、と低い声でいった。

「おれに頼みだと」

「へい、ここに旦那からいただいた十両がある。こいつは返《けえ》すから、岩本をたたっ斬って欲しいんで……」

弐平は財布から十両をつかみだし、ギョロリと睨むように唐十郎を見た。金にうるさい弐平が、十両をそっくり返すというのだから、よほど腹に据えかねているのであろう。

「いいのか」

「ヘッヘヘ……、死んじまっちゃァ、金も女も何の役にもたたねえからね」

「よかろう」

唐十郎は金を受け取り、忠七はどうする、と訊いた。弐平が忠七をそのまま放置するとは思えなかったのだ。

「忠七は同じ岡っ引きだ。あっしが、始末をつけやす」

「そうか」

唐十郎は受けとった十両をとりだし、

「おれの方にも頼みがある。忠七を殺《や》る前に、この十両で足を痛めてくれ。おかねの敵《かたき》だ」

そういって、弐平の手にあらためて握らせた。

2

本所の横川縁《よこかわべり》に『山吹屋《やまぶきや》』という小料理屋があった。清水町《しみずちょう》の法恩寺《ほうおんじ》橋のたもとで、客筋は小金を持っている職人や大店の番頭などで、たまに旗本などが顔を出すこともあった。

この店の二階が座敷になっていたが、このところ、二階にあがる客はいなかった。水野の出した改革令のあおりをくって、こうした料理屋の客が減ったこともあるが、おきぬという女主人が、二階を使わせなかったからである。

おきぬは、鳥居の用人、三好の妾《おんな》だった。

三好の指示で、榊原以下数人の牢人を山吹屋の二階に隠し、客の目に触れさせなかったのだ。

「今夜、戌《いぬ》ノ刻《こく》（午後八時）すぎに、勘定奉行の跡部が、薬研堀《やげんぼり》ちかくの大川端を通る。駕籠を襲って、斬れ」

と三好は牢人たちを前にして、強い口調で命じた。柳《やなぎ》橋にある晴菊《はれぎく》という料亭で要人と会ったあと、小網《こあみ》町にある上知令反対派の大名の下屋敷に向かうというのだ。

「どうして分かった」

酒焼けした赤ら顔の牢人が、顎の無精髭を撫《な》ぜながら訊いた。

「水野さまの下で働いている徒目付が探ったのだ」

「供の者は」

別の牢人が訊いた。

榊原はひとり、牢人たちとは離れ、部屋の隅の柱に寄りかかりながら胸のところに立てかけた五郎清国を抱くようにして酒を飲んでいる。まるで表情がない。身辺に霊気を漂わせているように感ずるのは、顔を覆うような蓬髪と蒼ざめた顔のせいかもしれない。

「三人」

「少ないな」

酒焼けした牢人が、目に猜疑の色を浮かべて吐きだすようにいった。

「小普請奉行の川路《かわじ》との密談だ。供を多くするわけにはいかぬ。ただ、人数は少ないが手練《てだれ》と思えよ」

そういうと、三好は懐中から切餅《きりもち》をとりだした。

「五十両ある。好きに使うがよい。……町田《まちだ》、分けてやれ」

三好に同道した若い武士が立ちあがり、それぞれ十両ずつ、牢人たちに配った。

「岩本はどうする」

それまで無言だった榊原が、持っていた杯を置いて顔を向けた。

「むろん、加わる。川路をしとめるまたとない機会だ。失敗するわけにはいかぬ」

三好は立ちあがると、五郎清国にも、たっぷり血を吸わせてやれ、といって、口元に揶揄《やゆ》したような嗤《わら》いを浮かべた。

柳橋の料亭、晴菊から屈強な三人の武士に護衛された駕籠が急ぎ足で出た。江戸の町は、夜闇につつまれ、ときどき犬の遠吠えが聞こえるくらいで、静まりかえっている。ここ二日ばかり続いた雨で水かさの増した大川は、天空の星屑《ほしくず》を川面に映して滔々《とうとう》と流れていた。

跡部家の家紋のついた提灯《ちょうちん》に先導された駕籠は、大川の川面を左手に見ながら小網町方面に向かって急いでいた。

薬研堀を越えて、一町ほど進んだときだった。先導する提灯が、ふいに止まった。

夜闇のなかに、ばらばらと駆け寄る人影が見えた。大川の土手に植えられた柳の陰から数人の牢人が、いっせいに飛びだし駕籠の前方を塞いだ。

駕籠かきは、その場に駕籠を置き、甲高《かんだか》い悲鳴をあげて後方に走りだす。

「出おったな」

先頭の武士が持っていた提灯を傍《かたわ》らの叢《くさむら》に放り投げた。ボッ、と暗黒の闇を開くように火炎があがる。それを合図に、三人の武士は肩にかけていた羽織をはねあげて抜刀した。

駕籠を囲んだ牢人は十人ほど、その集団の後ろに、飄然《ひょうぜん》と立っている榊原と巌《いわお》のような岩本の姿がある。

先頭にいた武士の右手から、牢人のひとりが斬りかかろうと上段に振りかぶった。

そのときだった。ヒュ、ヒュ、と大気を切る音がし、数本の矢が飛来した。一本の矢が振りかぶった牢人の胸に当たり、呻き声をあげて後退った。

右手に続く武家屋敷の築地塀《ついじべい》の屋根の上に、いくつかの黒い人影が見える。

「襲撃だ！　向こうの屋根！」

牢人たちは動揺して後退し、矢の飛来した方へ目をすえた。

動揺した牢人たちが、正面の武士から視線をそらしたときだった。突如、三人の武士は甲声《かんごえ》を発して踏みこみ、前方にいた牢人二人を真っ向幹竹《からたけ》割りに斬り倒し、脇にいた牢人の腹を刺すと、反転して闇のなかへ駆けだした。

アッ、と牢人たちのなかから驚きの声があがった。

無理もない、守らねばならない駕籠を放りだして逃げだしたのである。しかも、武士と前後して塀の上の黒装束の姿も消えていた。

「おのれィ！　われらを謀《たばか》るつもりか」

顔を真っ赤にした大兵の牢人が、つかつかと駕籠に近寄ると、刀身を力まかせに突き差した。

が、手応えはない。むなしく空を刺し貫いただけだった。

「空《から》だ！」

駕籠の戸を開け放って叫んだ。

「……狩りだな」

岩本がいった。

「なに、狩りだと」

「われらは、餌《えさ》におびきよせられた鴨《かも》よ。少しずつ、始末する気だ」

ぐい、と牢人たちの間から前に進みでた岩本は、口端に嘲笑を浮かべながら、

「武士の情けよ」

といって、胴田貫を抜き放った。

警護の武士に斬られた三人と矢で射られたひとりが、呻き声をあげながら地面を這っていた。即死するような傷ではなかったらしい。

岩本はおもむろに近付くと、這いつくばっている牢人たちの胸部を次々に串刺しに貫いて、息の根をとめた。

牢人たち四人の死骸を引きずって大川に流すと、それぞれの隠れ家にもどるべく大川端の通りを歩きだした。

その姿が遠ざかると、闇の中で黒い影が動いた。築地塀の上で二つ、土手の窪地《くぼち》で二つ。相良と配下の伊賀者三人である。相良たちの狙いは牢人たちの狩りではなかった。雑魚《ざこ》を数人倒したとて、たいした効果はない。それより、岩本と榊原を斬り、五郎清国をとりもどすことが重要だった。そのためには、まず、彼らを餌でおびきだ

し、潜伏先をつきとめねばならなかったのだ。

黒い四つの影は、牢人たちが分散するのにあわせて、それぞれ狙いをつけた牢人の後を尾けていた。

相良が尾行したのは、五郎清国を持つ榊原だった。

榊原は法恩寺橋のたもとで牢人たちと別れ、ひとりになると橋を渡って亀戸《かめいど》方面に歩きだした。右手に本法寺があり、その山門の前を過ぎると、武家屋敷のまわりに田畑の広がる寂しい地になる。このあたりは柳島《やなぎしま》村で、その先が藤の花で有名な亀戸天神だ。

……どこへ、行くつもりだ。

藤の季節も終わっている。まさか、亀戸天神に参詣《さんけい》に行くはずはない。

榊原は亀戸町にはいる手前の天神《てんじん》橋のたもとで、歩をとめた。正面に亀戸天神の社殿のたたずまいが夜闇のなかにかすみ、左手には萩《はぎ》で有名な龍眼寺《りようがんじ》の本堂の甍《いらか》が黒く沈んだように見えていた。

天神橋のたもとに、数本の老松《ろうしよう》が低く枝を張っていた。榊原はその松の幹の陰に身を隠すように立った。着流しで、気怠そうに立っている姿は、だれか待っているようにも、酔いを覚ましている飄客《ひようかく》のようにも見えた。

ほんのいっとき、そうしていると、天神橋を渡る下駄の音と男女の声が聞こえてきた。夕涼みにでも出て遅くなったものか、女は若い商家の娘らしい三筋格子《みすじこうし》の小袖に半四郎鹿の子《はんしろうかこ》の帯、手には団扇《うちわ》を持っている。少し遅れて姿を見せたのは、手代《てだい》らしい男で、風呂敷包みを胸のところで大事そうに抱えて娘の後を小走りに追ってきた。

追いつかれて、娘が気恥ずかしそうに俯《うつむ》いたが、あるいは、参詣者のいなくなった境内《けいだい》で逢引きでもしていたのかもしれない。

その男女の前に、榊原がぬっと出た。

手代らしい男が驚いて、声をつまらせた。

「ど、どなたさまで……」

榊原は無言のままわずかに腰を沈めると、突如、五郎清国を一閃させた。袈裟に斬り下げた刀身は風呂敷を持っていた片手を断ち、肩口から臍《へそ》のあたりまで斬り裂いた。ギャッ、という悲鳴をあげて一、二歩後退《あとずさ》るところを、榊原は踏みこんで横一文字に斬り払った。

男の首が黒い塊《かたまり》になって夜闇を飛び、首根から血を噴きながら崩れるように倒れた。

娘は、突然、眼前で展開した惨劇に顔面蒼白となり悲鳴もあげられずに、その場にへなへなと座りこんでしまった。

榊原は腰を抜かした娘の体を片手で抱えあげると、老松の幹の陰の暗がりに引きずりこんだ。

闇のなかからは荒々しく着物を裂く音と、娘の喉のつまったような呻き声が聞こえてきた。それはすぐに、男の荒い吐息に変わった。一度、女の喉を裂くような悲鳴があがったが、ほどなく静寂があたりを支配した。

やがて、衣擦《きぬず》れの音がし、着物の泥でも叩いているらしい音がして、黒い影が立ちあがった。

老松の陰から姿をあらわしたのは、榊原ひとりだった。通りに出た榊原は、抜身《ぬきみ》を月明かりにかざして魅入るように凝視していたが、満足そうな笑みを浮かべて静かに納刀した。

榊原は一度背後を振り返ったが、何ごともなかったようにぶらぶらと本所の方に歩きだした。

その榊原の姿が闇に遠ざかると、商家の土蔵の陰に身を潜《ひそ》めていた相良が姿をあらわした。

土手に繁茂した夏草が、風に黒い波のように揺れていた。生臭い血の臭いが、風のなかに混じっている。松の根元の暗闇のなかに、女の白い肢体が浮きあがったように見えた。

榊原は女を凌辱《りようじよく》し、裸のまま放置して去ったようだ。

相良はその暗闇をのぞいて、

……狂ってる。

と吐き捨てるように呟いた。

娘は裸のまま死んでいた。しかも、首がない。胴は縦横に深く斬り裂かれ、臓腑を溢れさせていた。二つの乳房が、白い椀のように闇のなかに浮きあがっていた。

3

貉《むじな》の弐平は、又八の残した言葉が気になっていた。

忠七のやつ、平気で辻斬りを見逃してやがる、と又八は怒りにまかせていっていたが、それだけのことで、あれだけ激昂するはずはないような気がしたのだ。鳥居や三好に尻尾を振って、辻斬りに目をつぶっている岡っ引きはほかにもいる。又八は、どうしても岡っ引きとして許せねえ、と息巻いていた。何か、腹に据えかねるような忠七の悪事を見たのではないのか。

……忠七には何かある。

ただ、神田界隈の縄張《シマ》を狙っているだけではないような気がした。

それに、ここ数年、忠七の羽振りがやけにいい。五十を越した爺《じじい》のぶんざいで、若い女を囲っているのだ。女房が下谷の車坂で小体《こてい》な小間物屋を開いてはいたが、それほどの実入りがあるとも思えない。

……狒々《ひひ》爺の尻を追っかけてみるか。

弐平は始末をつける前に、忠七の身辺を探ってみようと思った。

浅草元鳥越町《もととりごえ》の棟割り長屋に住む義兄のところに、弐平は転がりこんでいた。松永町の亀屋には、まだ忠七の下っ引きが張りこんでいて簡単に近付くこともできなかった。

弐平は、夕方になると頬っかむりし、茶飯売《ちゃめしう》りの身形《みなり》をして車坂へ出かけた。義兄の茶飯売りの道具を、そのまま使わせてもらった。天秤《てんびん》で担ぐ竹籠《たけかご》の荷台に、飯櫃《めしびつ》や茶碗、煮《に》しめなどを入れて、夜なべの職人や岡場所帰りの町人などに食わせる。帰りの遅い職人や夜鷹などから話を聞くにはもってこいの商売だった。

「なんですね、車坂の親分さんは、てえした羽振りでございますねえ」

近くに住む指物師《さしものし》らしい男に、丼飯を食わせながらそれとなく訊いてみた。

指物師は急に箸《はし》をとめ、苦々しい顔をして、

「阿漕《あこぎ》なことをしてるのよ」

と声をひそめた。

下谷広小路から湯島天神にかけての大店《おおだな》や料理茶屋などをくまなくまわり、袖の下をとっているというのだ。

「まァ、どこの岡っ引きもそんなもんですよ」

弐平は顔を赤くし、短い首をしきりに擦《こす》った。

そのくらいのことは、弐平もしていた。袖の下をとらないことには、暮らしはたたないし、下っ引きの四、五人は食わしていかねばならない。相応の賄賂《まいない》は岡っ引きの給金のうちなのだ。

「とんでもねえ、車坂のやろうはよ……」

指物師は弐平の方に顔を寄せ、

「胡散臭《うさんくさ》い牢人とつるんで、金儲けしてるって噂だぜ」

と、耳元でいった。

「へえ。……ですが、かりにも十手持ちだ。辻斬りや押し込みの片棒を担いでるって

ことはねえんでしょう」

弐平は、指物師の丼の上に煮しめを余分に乗せてやった。おそらく、岩本や木村道場に巣喰っていた牢人たちだろうと見当はついたが、訊いてみた。

「さァ、何をやってるか知らねえが、おっそろしく腕のたつ牢人だってことだ。なんでも、そいつが、四谷の方にいたころからの付き合いだそうだぜ」

「………」

やはり、岩本だ。それにしても、四谷の道場にいた頃からつながりがあったとすれば、七、八年来ということになる。剣客と岡っ引きというまるで縁のないつながりにしては、長過ぎる。長年、岡っ引きとして生きてきた弐平の勘が働いた。

……やはり、何かあるな。

岩本も、洗ってみる必要がありそうだった。

弐平は指物師にいろいろ訊いてみたが、それ以上のことは知らないようだった。

一時《いっとき》（二時間）ほど、竹籠を下ろして茶飯を売っていると、通りを若い下っ引きを従えてやってくる忠七の姿が見えた。車坂の小間物屋の方から、御徒町《おかちまち》通りへ出て三味線堀の方へ歩いて行く。

弐平は二人をやり過ごすと、急いで竹籠に天秤を通して担ぎあげた。こんなときのために竹籠の中は軽くしてあったが、しばらく歩くと邪魔になったので、長屋に続く木戸の脇に隠して後を尾けた。

御徒町通りは御徒衆の小さな屋敷がびっしりと軒を連ねており、家計のために傘張りや提灯《ちょうちん》張りの内職などをしている御家人も多く、繁雑な狭い道が続いている。

その通りを忠七は足早に過ぎて行く。

……どうやら、三好のところへ行くらしいな。

御徒町を抜けた先に三味線堀があり、その手前に三好甚蔵の屋敷があるはずだった。

思ったとおり、連れてきた下っ引きを屋敷の木戸門の前に残して、忠七は屋敷のなかに消えた。

……こいつァ、妙な雲行きになってきたぜ。

奉行の片腕とはいえ、旗本の屋敷を岡っ引きが直接訪問することなどよほどのことがなければないはずである。それが、慣れた様子で木戸門をくぐったのだ。

しばらく、ちかくの武家屋敷の板塀の陰に身を潜めて、木戸門の方を窺《うかが》っていると、大兵の武士が通りに姿をあらわした。岩本である。

……役者が揃ったぜ。

そう思って、弐平が腰を浮かしたとき、尻をチョイ、チョイとつっつくものがある。驚いて弐平が振り返ると、ひどく背の低い頬っかむりした小男が、暗闇のなかに立っている。いや、人ではない。猿だ。生意気にも萌黄《もえぎ》地の小さな袖無《そでな》しを着ている。

「な、なんだよ。おめえ、猿じゃねえか」

弐平は、思わず口に出してそういった。

おめえは、貉だな、とはいわぬが、猿は小馬鹿にしたような顔をして、ニッと歯を剝《む》いた。

「三郎、もどれ」

弐平の背後で低い声がした。いつの間に近寄ったのか、すぐ後ろに格子縞《こうしじま》の裁付《たっつけ》袴《ばかま》に鼓《つづみ》をもった猿まわしがいた。

その声で、猿は跳ねるように駆けもどり男の肩口へ飛び乗った。

「緑町の空屋敷でお目にかかった相良甲蔵でございます」

「あァ……」

そういえば、唐十郎を訪ねたとき、顔を見ていた。どうやら、猿を使う術を心得ているようだ。木村道場で、咲という娘が岩本の斬撃を受けようとしたとき、飛びだした猿はこの男が飼っていたものだろう。

「あんとき、猿は殺《や》られたんじゃァねえのかい」

弐平は、硝煙のなかで飛びだした猿が岩本の刀に両断されたのを見ていた。

「はい、こいつは、あの猿の弟分でして」

肩口に座っている猿の小さな頭に手をやりながら、

「弐平どの、これ以上、あの屋敷を探るのは危のうございます。このあたりには、牢人たちの目が光っておるようです」

そういって、三好の屋敷を囲った板塀の角を指さした。

なるほど、夜闇を透かして見ると、下っ引きのいる木戸門のところにひとり、その先の板塀の角にひとり、目付きのよくない牢人が塀や門柱に寄りかかったまま周囲に目を配っている。

「ヘッ、へへ……。あっしは、ただ、通りかかっただけで」

弐平はニヤリと嗤《わら》い、相良の肩に乗っている猿に、おめえも、気をつけな、といい置いて夜闇のなかへ歩きだした。

翌日、日が落ちると、弐平はまた茶飯の入った竹籠を担いで元鳥越町の長屋を出た。

……瘦牢人《やせろうにん》が怖くて、二の足を踏んでたんじゃァ、岡っ引きはつとまらねえや。

弐平は、四谷へ出かけて忠七と岩本のつながりを調べる気でいた。

甲源一刀流の強矢道場は、四谷の大木戸のそばの塩町《しおまち》にあった。半蔵門《はんぞうもん》から続く甲州街道を西に進むと塩町と内藤新宿《ないとうしんじゅく》との間に大木戸がある。大関戸《おおきど》とも書き、寛政《かんせい》のころまでは木戸があり、往来の人や荷馬を調べたところだが、このころは石垣に替わっていた。大木戸の先をさらに西に行くと、甲州街道と青梅《おうめ》街道の分かれる追分《おいわけ》となる。

強矢道場は、細かく区分けされた御家人や旗本の屋敷が密集する通りにあった。

以前来たとき、道場近辺の八百屋や一膳飯屋などをまわって話を聞いていたが、たいした収穫はなかった。

直接道場主の強矢良輔に訊くのが一番だが、それもできない。

……熊吉《くまきち》んとこへ行くか。

四谷界隈を縄張《シマ》にしている忍町《おし》の熊吉という岡っ引きがいる。十手を預かって三十年は経つという古株だが、偏屈な男で弐平はあまり話したこともなかった。

熊吉は女房にやらせている下駄屋の二階にいた。

「貉の、どういう了見でえ。他人《ひと》の縄張で餌を漁《あさ》ろうって魂胆か」

顎を突きだすようにして、端《はな》から嫌味をいう。

「忍町の、まず、一杯奢《おご》らせてくんねえ」

弐平は、下駄屋に来る前に近くに手ごろな小料理屋を見つけておいた。まず、そこへ引っ張りこんで飲ませてからだ、と段取りを決めていた。

「おめえに、奢られるいわれはねえ」

と苦虫《にがむし》を嚙み潰したような顔をしたが、酒は好きらしく、小料理屋までついてきた。

「まず、一杯、空けてくんねえ」

そういって、弐平が銚子をさしだすと、熊吉は杯を持った。

銚子を一本空けたところで、

「実はなァ、車坂の忠七のことよ」

と口火を切ると、

「忠七がどうしたい」

と露骨に警戒の色を浮かべた。

「腹に据えかねることがあってよ。ちょいと、痛い目にあわせてやりてえ」

弐平は忠七にたいする恨《うら》みを臭わせた。

「忠七のやろう、おれも、煮殺してやりてえほどだぜ」

と、熊吉は急に憤怒に浅黒い頬を膨らませた。どうやらだいぶ、根深い恨みがあるようだ。これなら、話を訊きやすい。

「おれも、臓腑《はらわた》が煮えくりかえってるのよ。どうにも我慢ならねえ。それで、来たのよ」

と、話の接穂《つぎほ》をあわせると、あとは簡単だった。熊吉の方から、べらべらと喋りだした。

熊吉の話によると、忠七は十年ほども前から強矢道場に顔を出し、三好のお先棒を担いで甘い汁を吸ってるというのだ。

「三好というと、三味線堀の狐火か」

弐平は、腹のなかでは、つながってきやがったぜ、とほくそ笑んだが、顔では驚いて見せた。

「そうよ、三味線堀よ。やろう、そうとうの悪だぜ」

熊吉によると、三好は鳥居の徹底した洋学嫌いに同調し、当時山の手に住む洋学者を中心にした会合(後に尚歯会《しょうしかい》あるいは蛮社《ばんしゃ》と呼ばれ、鳥居の陰謀で徹底した弾圧が加えられる)に数名の幕臣が参加していることを知り、粛清しようと策謀したらしい。

「おれの縄張内《シマうち》での殺しだ。黙って見逃すこたァできねえ」

それで、調べて見ると三好や忠七が出てきたという。

「殺《や》ったのは、強矢道場の岩本兵左衛門か」

「そうよ」

「だがよ、なんで強矢道場なんで」

三好と強矢道場のつながりが、弐平には分からなかった。

「道場主の強矢良輔ってえのが、四谷麴町に儒学の塾を開いている林瑞角《はやしずいかく》先生の門下生でな。三好も同門だったのよ」

「そういうことけえ」

弐平は鳥居を筆頭とする縦のつながりが読めた。

たしか、林瑞角という儒者は、鳥居の父、林述斎《はやしじゅっさい》と同門のはずである。当然、鳥居とも面識があるだろう。そこで学ぶ三好や強矢とつながりができても不思議はない。

「だがよ、忠七が一枚加わってるのは、どういうことだい」

「三好の屋敷は忠七の縄張内よ。……相手は、れっきとした大身のお旗本だ。仕損じるわけにはいかねえだろう。そこで、忠七に調べさせたとみるがな」

「まず、間違《まちげ》えねえな」

「忠七の野郎、おれが殺しを調べてると知ると、脅しをかけてきやがった」

また、熊吉は怒りで顔を赤黒くした。

熊吉の話によると、手を引かなければ、お奉行さまに手をまわして十手をとりあげ、小伝馬町へぶちこむ、と脅されたという。

「おれは、そんな脅しなんざァ屁《へ》とも思わなかったんだが、村上《むらかみ》の旦那から、奉行の命令だから手を引け、といわれて……」

熊吉の声が急にちいさくなった。

村上というのは熊吉を使っている同心だが、その指示でやむなく事件から手を引いたということだろう。当時、鳥居や三好が奉行にどんな手蔓《てづる》があったのか、とにかく、裏から圧力をかけて事件をうやむやにしたことは間違いない。そして、熊吉の怒りは同じ岡っ引きに脅され、屈したということにあるようだ。

蝮《まむし》のように執拗で強欲な忠七は、一度調査を頼まれ甘い汁を吸うと、その後も三好や岩本に食らいついて離れなかったのだろう。

そして、ここにきて鳥居が南町の奉行に就任してきて、とり締まりを徹底するようになった。

忠七はこれを好機とみて、さらに三好や岩本にとり入り甘い汁を吸うとともに、己の縄張を広げるために策動しはじめたのだ。

「忠七が、四谷《こっち》に顔を出すようになったのは、十年ほど前といったな」

弐平は酒を注《つ》いでやりながら訊いた。

「そうだ。強矢道場が建ってすぐだから、十年は経つ」

「たしか、岩本が師範代として来たのは、七、八年前《めえ》だと聞いてるぜ」

そのことは、前に調べに来たとき一膳飯屋の主人から聞いていた。

「師範代として居座ったのはその頃だが、門弟として、その前から通っていやがったのよ」

「そういうことかい」

唐十郎が気にしていた父親が腹を斬られて死んだ時期と合う。このことは、すぐにも野晒の旦那に話さなけりゃァなんねえ、と弐平は思った。

4

唐十郎は弐平から話を聞くと、すぐに四谷の強矢道場に出かけた。十年前、岩本が江戸にいたとすれば、父を斬った相手としてほぼ間違いあるまいと思われた。あとは、道場主の強矢に直接会って当時の様子を訊いてみるより他にない。それに、唐十郎は甲源一刀流がどのような剣なのかも知りたかった。

面体《めんてい》を隠すため、相良の用意した虚無僧《こむそう》の身形《みなり》で道場の前に立ったのは、七ツ（午後四時）をだいぶ過ぎてからだった。できれば門弟のいないときに、道場主の強矢良輔に会いたいと考えたのだが、道場内からは、甲高い気合と木剣を打ち合う音が聞こえていた。

「頼もう」

と奥に声をかけると、稽古着姿の男が姿をあらわした。三十前後、ひき締まった体軀の男だった。玄関先に立っている虚無僧姿の唐十郎を見て、驚いた顔をしている。

「拙者、狩谷唐十郎ともうす」

「当道場、師範代の柴木《しばき》京一郎《きょういちろう》だが……」

柴木と名乗った男は怪訝《けげん》そうな顔をして、じろじろと唐十郎を見た。

「拙者、ゆえあってこのような姿をしているが、小宮山流居合を学ぶ者、強矢良輔どのにおとり次ぎ願いたいが」

手にした深編笠と尺八を玄関脇に置いていった。

「しばし、待たれよ」

入門者とも、道場破りとも違うと思ったらしく、柴木は慌ててなかに消えたが、再び姿をあらわし、

「先生がお会いになるそうだ」

といってなかに同行した。

道場内は四間四方で、床は良く磨かれ、四組八名の門弟が木刀を振っていた。甲源一刀流の組太刀《くみたち》の稽古らしい。防具はなく、打太刀《うちたち》と使太刀《しだち》に分かれて形稽古《かたげいこ》に励んでいる。正面に狭い座敷があり、道場主の強矢と思われる老齢の男が端座していた。白髪、痩身。表情を動かさず、背筋をのばし木像のように座していた。長年の鍛練で身についたものだろう、枯淡な風貌のなかにも剣客としての威風がある。

柴木に伴《ともな》われて、唐十郎が道場内に姿をあらわすと、一瞬、気合と木刀を打ち合う音がやんだが、続けよ、という強矢の声で、門弟たちはまた稽古を始めた。

「拙者、小宮山流居合、狩谷唐十郎と申す者にございます。強矢先生に折り入ってお教えいただきたき儀あって参上仕《つかまつ》りました」

と丁寧《ていねい》に言上《ごんじょう》した。

「小宮山流居合と申されると、道場は神田松永町でござろうか」

強矢は穏やかそうな顔に、驚きの色を浮かべて唐十郎を見た。

「いかにも」

「……ならば、ここで話すわけにも参らぬな。奥へ、おいでなされ」

そういうと、強矢はそばに控えていた柴木に、そのまま続けよ、と命じて、唐十郎を奥の座敷へ連れていった。

「岩本のことでござるかな」

対座すると、強矢の方から訊いてきた。

「はい。実は、十年ほど前のことでございますが、わが父、重右衛門が神田川縁《べり》で何者かと仕合い、果てました。爾来《じらい》、せめて敵の名だけでも知りたいと思いながらかなわず、今日に至りました。聞くところによれば、こちらの師範代を務めていた岩本兵左衛門どのが、胴を両断するほどの剛剣の主とか。あるいはと推測致し、ここに参上仕りました」

唐十郎は包み隠さず話した。

「うむ。……なんとも応えようがないのう」

「今でも、岩本どのは当道場とかかわりがおありでしょうか」

「いや、すでに岩本は破門した身、当道場とは何のかかわりもない」

「ならば、お話しいただけないでしょうか」

「知っていることは、お話しいたそう」

強矢は、淡々とした口調で語りだした。

重右衛門が神田川縁で何者かに斬殺されたことは知っているという。また、当時、岩本は「西夷《せいい》に服従し、わが神国を売り渡す者」と蘭学者を誹謗《ひぼう》する三好に同調し、その粛清に荷担したというのだ。

「当時、幕臣で蘭学者の塾に通う者が、襲われ斬殺されるという事件が頻繁に起こったが、その刺客は岩本に間違いなかろう」

強矢は薄く目を閉じた。その面貌《おもて》にかすかに苦渋の色がある。

「町方は」

犠牲者が蘭学者とはいえ、町方が見逃すはずはない。

「調べはしたようじゃが、うやむやに終わってしまった。やはり、鳥居どのが陰で動いていたようじゃ。それに、町方の動きもつかんでいたようでな。うまく立ちまわっていたようじゃよ」

「…………」

弐平が調べてきたとおりだった。

「当時、岩本も、麹町の林瑞角先生の塾に通っておってな」

「すると、岩本どのも儒学者として、蘭学者の粛清に走ったわけでござるか」

唐十郎の知る岩本は、殺戮そのものを楽しんでいるようなところがあった。

「はじめはな。が、人を斬るうちに、しだいに悪鬼のような本性があらわれてきたようじゃ。剣客は人をどれほど斬ったかで強さが決まる、などとぬかしてな。道場に置くわけにもいかず、破門したが……」

強矢は無念そうに眉宇《びう》を寄せた。

己の門下から冷酷無情な殺人剣を遣う者が出て跳梁《ちょうりょう》し、世間を震撼させている。強矢にしてみれば、さぞかし無念であったろう。

「おそらく、そこもとの父を斬ったのも、岩本であろう」

「……だが、父がなぜ」

父と蘭学とのつながりはない。岩本に挑まれる理由はないのだ。

「わしにも、分からぬな。ただ、重右衛門どのは据え物斬りの達者ではござらなかったかな」

「はい、据え物斬りにも手を染めておりました」

当時、重右衛門自身は、唐十郎にも修行させたほど据え物斬りを重視していた。

「岩本も据え物斬りの達者じゃ」

「すると……」

接点があった。当時、父は据え物斬りでも名をなしていた。据え物斬りをする者は、鈴ケ森《すずがもり》（品川）や小塚原《こつかっぱら》（浅草）で、処刑された者の死体をもらい受けて斬ることが多い。

道場は違っても、品川や浅草で顔を合わせることはあるはずだし、斯界《しかい》で名を成した者ならお互いのことも知っていよう。己の道業を真摯《しんし》に進もうとする父と、剣を血生臭《なまぐさ》い殺戮の具として弄《もてあそ》ぶ岩本との間で軋轢《あつれき》が生じたとしても不思議はない。

……あとは、岩本から聞き糺《ただ》すよりほかあるまい。

唐十郎は、もうひとつ知りたいことがあった。強矢の方に膝行して、

「強矢どの、一手、お手合わせいただけませぬか」

と願いでた。唐十郎は、甲源一刀流がどのような剣なのかを知りたかったのだ。

「狩谷どのは、父上の敵《かたき》を討たれるおつもりかのう」

強矢は黙然としていたが、細い目の奥に刺すような光を宿していた。

「いや、敵を討つなどとは思っておりませぬ」

父、重右衛門は剣客として仕合って敗れたのだ。他流との闘争は、剣に生きる者の宿命でもある。そのことについて、岩本に対しても怨恨は持っていなかった。

「ならば、なにゆえ」

「岩本どのは、わが敵にございます」

「そこもとの」

強矢は眉宇を開いて驚きの色を浮かべた。

「はい、父、重右衛門の死後、胴腹《どうばら》を薙ぎ斬る剛剣の主は、常にわが道業の前途に立ち塞がっておりました」

唐十郎の偽《いつわ》らざる気持ちだった。

父の形見の祐広を手にしたときから、剛剣を遣う者の黒い影を意識して生きてきた。その影は、父と同様に斬られることへの怯えと、その者を越えねば己の道は閉ざされるという危惧でもあった。そこから、逃げることは剣を捨てることであった。剣に生きる者の本能といってもいい。この怯えと危惧を断ち切らねば、前には進めない。そのためには、仕合って勝つより他に方法がないことも承知していた。

「分かり申した。まず、立ちなされ」

強矢はスッと腰を浮かせた。

5

道場にもどると、左右の隅に端座した門弟たちを前にして、

「ここにおられるのは、小宮山流居合、狩谷唐十郎どのじゃ。わが甲源一刀流と稽古を所望されるそうじゃ」

強矢はおだやかな表情のまま、老人とは思えぬよく通る声でいった。

道場内からざわめきが起こった。唐十郎のことを、道場破りとでも思ったらしい。

そのざわめきを制するように、強矢は声を大きくし、立合いではない、稽古じゃ、といった後、

「居合との稽古もおもしろかろう。よいか、よく見ておけ。剣は間合と見切りぞ」

そういって、羽織を脱いだ。

どうやら、道場主自ら相手に立つつもりらしい。

「しばし」

門弟たちの上座にいた師範代の柴木が、顔色を変えて立ちあがり、まず、わたしめが手合わせを、といって、前に進みでた。

こうした他流との立合いの場合、まず、格下の門弟から順次対戦するのが当然のことであった。直接、道場主が対戦し破れた場合、後がないだけでなく道場閉鎖という事態まで追いこまれることがある。諸流が鎬《しのぎ》を削る江戸で、他流試合に負けたという評判は道場経営の致命傷となるからだ。

「よい、居合と一刀流、はじめから嚙み合いにはなるまいが……。じゃが、狩谷どの、木刀というわけにもいくまいな」

居合は抜くまでが勝負である。木刀や竹刀《しない》では抜くことはできない。かといって、刃引《はびき》を使えば、真剣と変わらぬ斬撃を生む。

「いえ、稽古なれば竹刀で」

小宮山流居合には、はじめから敵と切っ先を合わせる山彦があったし、竹刀でも抜刀と同じ呼吸で打ちこむことは可能だった。要は間合と見切りなのだ。

「ハッ、ハハ……。そうじゃ、稽古じゃったな」

強矢は愉快そうに笑いながら、板壁に掛かっていた竹刀を把《と》った。

間合は二間半。

強矢は剣尖を左目につける星眼《せいがん》に構えをとった。痩身で小柄な体が構えたとたん、スッと遠ざかったように感じた。剣尖だけで敵を威圧し、動きを封じてしまう。まさに、粛然堂々たる大樹のような構えである。

通常、星眼の構えは、右足を半歩前に出し両踵《りょうかかと》を浮かせて、自由軽妙に動けるようにする。防御にも攻撃にも応じられる基本の構えである。

強矢の星眼は、通常のそれとやや異なっていた。

右足はわずかに前に出ていたが、両踵はぴたりと床についたままだった。背筋を伸ばし、立ち木のように立っている。

……これは、前で捌《さば》く剣。

そう感知しながら、唐十郎も同じ星眼に構えをとった。

山彦で応ずるつもりだった。
ツ、ツ、と強矢は間合を狭めてきた。お互いが一足一刀の間合に入った瞬間、強矢の切っ先に激しい気勢が乗った。
……来る！

唐十郎が面に来る気配を察知し、その出端《ではな》を押さえて小手を打とうと、剣尖を沈ませた刹那だった。

唐十郎の竹刀が手から離れ、カラリ、と音をたてて足元に転がる。強矢は間髪《かんはつ》をいれずスッと間合を狭めると、相対したまま胴を打った。

アッ、という声が唐十郎の口から洩れた。見事な早業だった。構えの沈んだ唐十郎の竹刀の鍔元《つばもと》を叩いて落とし、そのまま踏みこんで胴を打ったのだ。しかも、強矢は強い打撃を生まぬよう、肌に触れる程度でとめている。

……これが、甲源一刀流の立胴か！

迂闊《うかつ》に間合に入ったら斬られる、そう察知した。

「参りました」

唐十郎は、一歩下がって竹刀を拾った。

「狩谷どの、居合を試されたらどうかな」

強矢はおだやかな微笑を浮かべていた。

切っ先を合わせての立合いでは、居合本来の力は出ないだろうといっているのだ。

「ならば、もう一手ご指南を」

唐十郎は板壁に掛かっている竹刀から、二尺一寸ほどのものを把《と》った。おそらく、中太刀として使用している竹刀であろう。居合にはちょうどいい長さであった。

「いざ」

唐十郎は、鬼哭《きこく》の剣を試してみるつもりだった。むろん、衆目の環視のなかで小宮山流居合の秘剣を遣うことはできないが、間合と見切りだけは試すことができる。

……首の代わりに横面《よこめん》を打つ。

唐十郎はそのつもりで左手で鍔元を握り、居合腰に沈めた。

間合はさきほどと同じ二間半。

強矢は星眼に構えて、やや切っ先を低くした。唐十郎の体勢に合わせて、剣尖を左眼につけたのだ。

勝負は一合《いちごう》、一瞬で決するはずだった。

また、強矢が星眼のまま無造作に間合をつめてきた。その強矢の右足が一足一刀の間境《まざかい》に踏みこむ寸前だった。

突如、唐十郎の身体が前に跳んだ。

跳びながら抜刀する。瞬間、強矢はわずかに体《たい》をひねって胴へ切っ先を伸ばした。

その切っ先が胴を切る。同時に、唐十郎の二尺一寸の竹刀はさらに二尺ほど伸びて、強矢の肩口を打った。胴を払われたぶんだけ、狙った横面までとどかなかったのだ。

両者は一合して交差し、反転して切っ先をそれぞれの喉元につけた。

「参りました」

さきに、唐十郎が切っ先を下げた。

「いや、わしの胴は浅い。相打ちでござった」

強矢は口元をほころばせて、満足そうな表情を浮かべた。

確かに、強矢のいうとおり、胴は浅かった。真剣ならば、着物を裂き、薄皮を切った程度だろう。だが、唐十郎の切っ先も、肩先に浅い傷を負わせただけだろう。片手ではねるような打ちこみでは、骨を断つような斬撃は生まれない。鬼哭の剣は首の血脈を切ってこその必殺剣なのだ。

「それにしても、恐ろしい剣を遣われる」

道場の玄関先まで送ってでた強矢はにこやかな顔をしていたが、目だけは刺すような鋭さで唐十郎を見ていた。

強矢は、唐十郎の剣が本来首筋を狙って伸びるものであることを見破ったようだ。

「まだ、工夫が足りませぬ」

父はこの鬼哭の剣で岩本に敗れている。このまま岩本と対戦しても、勝てるとは思えなかった。

「狩谷どの、どうしても岩本と立合われるか」

木戸門の方に歩みかけた強矢の足がとまり、振り返った。

「はい」

「勝てませぬな」

柔和な老人の顔が、一瞬鬼面のような悽愴《せいそう》さを見せた。

「……！」

「岩本の剣は甲源一刀流とは違う。すでにわが流とは何のかかわりもない。あやつの剣は邪道じゃ」

「邪道……！」

「左様、邪道じゃ。……が、あやつは斬れぬぞ。……斬れぬことを承知して、かかられたがよい」

強矢は柔和な顔にもどり、久し振りによい稽古をしていただいた、といって踵《きびす》を返した。

6

襖《ふすま》が音もなく、一寸ほど開いた。

寝所のなかの夜気が、わずかに動く。御留守居役、夏目五郎左衛門は夜具の中から身を起こした。いつの間に侵入したのか、部屋の隅の闇のなかに人のいる気配がする。

「相良か」

「はッ」

平伏したらしく、闇のなかの濃い影がわずかに動いた。

「そちに来てもらったのは、急を要する事態が起こってのう」

四ツ（午後十時）に参上するよう、夏目の方から相良に伝令があったのだ。

「何事が起こりましたか」

「うむ。……水野が動いたようじゃ」

夏目は還暦まであと二年という老齢だったが、声には壮者のような張りがあった。

「御城内で、水野が、土井さまに江戸市中で噂になっている辻斬りの話を持ちだされ、由々《ゆゆ》しき事態じゃ、五郎清国の試し斬りでないことを、広く世に知らしめたらいかがかと、重臣たちの前で申されたようじゃ」

「いよいよ、懐中に秘めていた刀を抜きましたな」

「それだけ、水野が追いつめられた証拠じゃ。反水野の嵐は、江戸城内はもちろん、全国津々浦々で吹き荒れておる。水野は最後の反撃に出たとみていい」

「それで」

相良の声は平静だった。いつか来る事態との覚悟が腹の内にあったからだろう。

「あと五日じゃ」

「五日！」

相良の声が闇のなかで大きくなった。早い、という思いが声に出たものだろう。

「同席した久野さまが、咄嗟《とっさ》に、拝領の刀は鞘《さや》を直すために、鞘師のもとへ出してあり、五日ほどで手元にもどる、と応えてしまったようじゃ。聞くところによると、水野は鳥居の進言で、麴町の山田浅右衛門どのの元へ使者をたてたというぞ」

「山田どのへ……」

「目利きじゃ。真贋のほどを試すつもりだ。……胡麻化《ごまか》しは利かぬということじゃ。よいな、相良、五日じゃぞ」

「…………」

「奪還できねば、久野さまが腹を切るだけではすまなくなる。累《るい》は土井さまにも及ぶ。伊賀者の総力をあげて、奪い返すのじゃ」

夏目の声が高くなり、コホッ、と小さな咳をした。

それが、去れ、という合図でもあったかのように、部屋の夜気が動き、襖の閉まるわずかな音を残して人の気配が消えた。

緑町の空屋敷には、唐十郎と弥次郎、それに相良が率いる伊賀者十名ほどが集まっていた。伊賀者のなかには新しい顔もある。相良がさらに伊賀衆のなかから使える者を集めたのだ。咲の顔もあった。すでに、傷は癒《い》えたとみえ、黒の筒袖に裁付袴《たつつけばかま》と忍びの装束に身をつつんでいる。

「あと、三日でございます」

相良は重い表情のままいった。すでに、相良が夏目と密会してから、二日経っていた。

「山吹屋を襲うしか方法はあるまいな」

唐十郎がいった。

相良たちは張りこみを続けていたが、榊原は襲撃を予測して山吹屋から姿を見せないというのだ。

「五郎清国を奪い返すのも、容易ではありませぬな。敵も、われらの襲撃を予測し、山吹屋に岩本たち腕のいい牢人を集めておりまする」

榊原と岩本、それに十名前後の牢人が二階に寄居しているという。

「榊原と岩本を引き離さねばならぬな」

木村道場の襲撃で、敵の力が侮《あなど》れないことは分かっていた。伊賀者全てが加わり総員で襲っても戦力は、むこうが上だと思わざるをえない。

「……間違いなく、五郎清国は榊原の手にあるのでしょうか」

居並ぶ伊賀者の後方に座していた咲が、口を挟んだ。

「あの冴えは、五郎清国のもの」

唐十郎は木村道場で目にした榊原の刀のことは、相良たちにも伝えてあった。

「ならば、まず、五郎清国を奪う手立てを思案いたせば……」

咲がそういうと、その後を引き取るように相良が、

「よし、岩本を引き離そう」

と意を決したように、語気を強くしていった。

「妙計はあるか」

「本来、伊賀者の使う忍びの術は、敵情を探り、欺《あざむ》き、裏切りを誘い、敵陣を混乱に陥《おとしい》れる謀略が本領にございます。まず、本陣の撹乱《かくらん》を謀《はか》りましょう」

相良は同席していた伊賀者たちを去らせ、

「間者はどこにいるか知れませぬゆえ、用心のためでございます」

そういって、唐十郎たちの方に一膝進めて、

「襲撃は明後日、丑《うし》の刻《こく》（午前二時）と定めましょう」

「明後日、丑の刻」

「まず、三好の屋敷を伊賀者が襲撃すると密告いたします。それが、信じられる情報であれば、三好は、かならず守りを堅めようとするはずでございます」

「岩本たちを呼び寄せるか」

「まず、間違いなかろうかと。三好の屋敷内には用人や下男ぐらいしか残っておりませぬ。三好とて、己の命は惜しいでしょうからな。ただ、榊原はそのまま山吹屋に潜ませておくはずでございます。五郎清国の奪還が目的のわれらの前に、刀を所持する榊原を呼ぶはずはございますまい」

「うむ……。それで榊原と岩本は分断されようが、問題は襲撃の密告をどうするかだ

な。三好が信じねば動かぬぞ」

「岡っ引きの忠七を使いましょう」

「忠七だと」

唐十郎には意外な名だった。忠七は三好の腰巾着《こしぎんちゃく》である。相良の意向で忠七が動くとは思えなかった。

「物聞役《ものぎきやく》の忠七の言なら、三好も信じましょう。まず、われらが伊賀者のひとりを忠七に捕らえさせ、裏切ったように見せかけ襲撃の刻《とき》や方法を話させましょう。……伊賀に伝わる弛弓術《しきゅうじゅつ》にございます」

弓の緊張と弛緩《しかん》から名付けられた術だという。敵に捕らえられたら、いったん裏切って見せ、敵のために働き、時期が来たら弓が反り返るように元にもどればよいという。

「手筈《てはず》はすべて、こちらで整えましょう」

そういうと、相良は咲を伴って部屋を出た。

唐十郎と弥次郎は襲撃のときまで、緑町の空屋敷に身を潜めていることになった。

身のまわりの世話は咲がみてくれた。傷の癒えた咲は、忍びらしい挙措は片鱗も見せず、かいがいしく唐十郎の世話をした。白い頬をかすかに上気させてたち働く姿には、黒装束に身を包んだ咲とは違う春の若木のような初々《ういうい》しさがあった。

二日後の夕方、空屋敷の縁先で祐広の目釘をあらためていると、背後に人の気配を感じた。振り返ると、咲が部屋の隅に端座していた。武家の娘としては落ち着いた萌《もえ》黄地《ぎ》に萩《はぎ》を染めた小袖姿で、俯いたままかしこまっている。

「咲どの、どうされた」

「狩谷さま……」

咲は顔をあげると、喉の攣《つ》ったようなかすれた声を出した。

「大丈夫でしょうか。榊原は悪鬼のような男……」

どうやら、今夜の襲撃を心配しているようだ。伊賀の忍びとはいえ、やはり、女だな、と思っていると、

「咲が、暗薬《あんやく》を使った隙《すき》に、五郎清国を奪うことはできないでしょうか。狩谷さまの身にもしものことがあったら、咲は……」

生きてはいられませぬ、とでもいうつもりだったのか、言葉を呑み、頬を染めて俯いてしまった。

太腿の傷の手当をしたときから、咲の唐十郎に対する態度が変わってきた。唐十郎

を見る表情には男を意識した恥じらいと輝きがあったし、言葉や態度には生娘《きむすめ》らしい甘えもみせた。男に肌を見せ、生死のときを共有したことが春を呼んだのであろうか。清楚《せいそ》で可憐《かれん》な思慕の花、その花弁が開き、女の芳香を放ちはじめたようだ。

今も、唐十郎の身を案じる咲の言葉のなかには、娘らしい恥じらいと抑えきれない情愛が溢れていた。

……この娘の初々しい芳香は、首斬り屋には似合わぬ。

唐十郎は苦笑しながら立ちあがり、

「今夜は、咲どのに背負ってもらおうか」

そういって、祐広を静かに鞘に納めた。

7

熱い風があった。ねばりつくような湿った風だ。野分《のわけ》でもくるのか、厚い黒雲が南風に流れ、夜空を急速に覆いはじめていた。江戸の町は深い夜の淵《ふち》に沈んだように、犬の鳴き声ひとつしない。ヒューヒューと、おもて店《だな》の軒先や看板を震わせて、風だけがわがもの顔に吹き荒れていた。

その風のなかを、商家の板塀や天水桶の陰などに巧みに身を隠して、黒い集団が駆け抜けて行く。相良とその一党である。一団からやや遅れて、唐十郎と弥次郎が強風に漂うような足取りで続く。

強い風は襲撃の一団にとっては幸運だった。足音を消し、住民を家のなかに閉じこめてくれる。

山吹屋は夜闇のなかに沈んだように建っていた。玄関や周囲の窓は厚い雨戸に閉ざされ、灯《ひ》はどこからも洩れてこない。店の者も榊原たちも眠っているようだ。

「相良どの、岩本は」

唐十郎が訊いた。

「はい、われらの狙いどおり、三好の屋敷に」

昼ごろから、数名の牢人とともに屋敷内につめているということだった。

「榊原のいる場所は」

「二階の奥の部屋に、女と」

相良が調べたところによると、山吹屋の二階は客間が三間あり、一番奥の間に榊原、後の二間に五人の牢人が分かれて寝ているという。店の一階は、客間のほかに調理場や女中部屋などがあり、女将や住みこみの調理人、下男などは、調理場の奥が寝間になっていてそこにいるようだ。

「手筈どおり、まず、われらが」

相良が玄関脇の客間の雨戸を外して、一団と唐十郎たちが侵入し、手前の二間の牢人は相良たち伊賀者が、奥の榊原を唐十郎と弥次郎の二人で仕留める手筈になっていた。

「ご用意を」

相良が唐十郎を振り返った。

「抜かりない」

唐十郎は羽織を脱いだ。すでに、襷をかけ、股立ちをとり、祐広の目釘は湿らせてある。

雨戸は、相良の苦無《くない》で造作なく外れた。

唐十郎たちは忍び足で階段をあがり、それぞれの部屋の前に進んだ。手前の二間は、無頼の徒の寝間らしく、障子を通して荒い寝息や豪放な鼾《いびき》が聞こえてきた。どうやら、酒でもくらってぐっすりと眠りこんでいるようだ。

ところが、人影こそないが、榊原の部屋はまだ起きているらしく、障子に行灯《あんどん》の仄《ほの》かな明かりが映っていた。

廊下に片膝をついた相良が、起きているようです、と目で合図を送ってきた。唐十郎は、小さくうなずき、このまま踏みこむことを伝えた。狭い部屋のなかでは居合の方が有利だ。しかも、二人がかりで寝こみを襲う。かなりの腕の差があってもしとめられるはずだ。

相良が右手をあげた。廊下に蹲《うずくま》っていた黒い集団がいっせいに動き、障子を開ける。同時に、唐十郎も榊原のいる部屋の障子を、ガラリと開け放った。

唐十郎は踏みこむと同時に部屋の右手へ、弥次郎は左手へ。二人は、腰を居合腰に沈め斬撃の体勢をとる。

澱《よど》んだような淫靡《いんび》な夜気のなかで、夜具が、モソモソと動いた。

ひとり、身を起こした。白い肌、赤い襦袢《じゅばん》。女だ。半裸の女が目を擦《こす》りながら、ふらりと立ちあがった。半分眠っている。榊原は、その女の背後にいる!

ツツ、と唐十郎は踏みこんだ。

「刺客か!」

榊原が絶叫した。刀は手にしているが、抜いていない。

唐十郎は、無言で立膝からの真向両断《まっこうりょうだん》の間合に入った。女が目尻が裂けるほど目を剝《む》き、顔をひき攣《つ》らせた。この女が邪魔だ!

……女ごと斬る。

そのつもりで、抜刀した瞬間だった。榊原が女を突き飛ばした。女の体が前へ泳ぐ。その肩口へ、唐十郎の一颯《いっさつ》がはいった。

瞬間、腰を引いたため浅かったが、女の白い肌に血の線が走る。女はギャァッ！と凄まじい悲鳴をあげて、唐十郎の足元へ倒れこんだ。狂ったように身をよじり、唐十郎の袴にむしゃぶりついてきた。襦袢が剝けて、あらわになった肩や乳房が血に染まる。

「どけ！」

唐十郎は女の腹を蹴った。狂乱した女にかまっている暇はない。

左手にいた弥次郎が、素早い動きで倒れこんだ女の体を跳び越え、追斬《おいぎり》の一刀を榊原に浴びせた。その切っ先が榊原の背を裂いたが、浅い。

反転した榊原は、窓の板戸を蹴破って外へ飛びだした。

「逃がすな！　追え」

弥次郎が外へ、続いて唐十郎が飛びだした。

ビュウ、ビュウ、と強風が屋根瓦を渡っていた。殴りつけるような風だ。榊原はその屋根を伝っていた。細帯が解け、黒い小袖の裾が帯のように風に吹き流されていた。胸や両足は露出し、褌《ふんどし》まで剝きだしになっている。

背後の二つの座敷で、殺戮の凄まじい音が聞こえた。襖や障子を蹴倒す音、剣戟《けんげき》の音、喉を裂くような気合、絶叫……。斬殺の修羅場だ。その音が、烈風に渦巻き、さらわれ、夜闇の深淵のなかに飛び散った。

唐十郎と弥次郎は榊原の後を追った。

屋根を伝い、軒先から路上へ飛び下りた。見ると、榊原は山吹屋の脇を流れる掘割《ほりわり》を背にして立っている。どうやら、唐十郎たちを迎え撃つ気らしい。掘割を背にしたのは、背後からの斬撃を避けるためだ。榊原は、風で体にまとわりつく着物の裾を尻《しり》っ端折《ぱしょ》りにし、袖を肩口までたくしあげていた。

「なぜ、逃げぬ」

唐十郎と弥次郎は、榊原に対峙した。

掘割には猪牙舟が舫《もや》ってあった。激しい風と波に木の葉のように揺れていたが、それに乗って逃げることもできたはずだ。

「小宮山流居合を相手に、座敷でやるつもりはない」

どうやら、榊原は唐十郎たちのことを知っているようだ。

「腰の五郎清国をいただきたい」

榊原の刀。柄は鮫皮《さめがわ》の上に黒糸巻掛《くろいとまきがけ》、柄頭《かしら》は赤銅、鍔《つば》は下がり藤《ふじ》の透かし。地味な拵《こしら》えだが、名刀に相応《ふさわ》しい気品と重厚さがある。間違いなく五郎清国のようだ。

「三好の屋敷を襲うと聞いていたがな」

「岩本とおぬしが相手では、こっちに勝ち目はない」

「よく、これが五郎清国と分かったな」

「木村道場で、おぬしの、その抜身《ぬきみ》を見たときから、五郎清国と気付いていた」

「笑止よ。……模造刀《うつし》を別の者に持たせ、欺《あざむ》くつもりだったのだろうがな」

榊原は口元に薄嗤《わら》いを浮かべて、腰の刀に手を伸ばした。

間合は三間ほど。まだ、抜く気配はみせない。

「弥次郎、引いてくれ」

唐十郎は、弥次郎に下がるよう指示した。こうして対峙すると、ひとりでも二人でもたいした違いはなかった。居合は抜きつけの一刀、一合で勝負を決する技が多い。脇からの攻撃はかえって邪魔なときもある。

「狩谷唐十郎、ひとりでくるとは、殊勝なことよ。……だが、おぬしには斬れぬぞ」

榊原は顔にかかった乱れた蓬髪を掻きあげ、

「見るがいい、この顎の傷を、これがだれの手によったものか、おぬしなら分かろう」

そういって、顎を突きだすようにした。

左耳の下、二寸ほどの斜めの刀傷。切っ先ではねあげるように斬られたものだ。

アッ、という声が唐十郎の口から洩れた。

……鬼哭の剣！

あきらかに、首筋から外れた鬼哭の剣による傷だ。とすると、この傷を与えた者は、父、重右衛門しかいない。

8

唐十郎の頭のなかで、遠い過去の出来事が激しく駆け巡った。

十年ほど前、榊原は神道無念流、岡田十松の撃剣館の高弟のひとりだった。さしたる理由もなく市民を斬殺したり、門弟を木刀で打ち殺したりしたため、撃剣館を破門になったはずだ。

父、重右衛門と岡田とは、流派は違うが親交があった。唐十郎も父に連れられて、神田猿楽町の撃剣館に行ったこともある。

……父は、岡田から榊原の斬殺を依頼されたのではないか……。

ひそかに父は榊原と仕合い、顎に刀傷をあたえただけで討ち漏《も》らした。再度の対戦を恐れた榊原は、江戸から姿を消したのだ。

ところが、その後、父が何者かと仕合って斃《たお》されたのを知って、榊原はふたたび江戸に舞い戻ってきた。

「フッ、フフ……。血は争えぬということだな」

榊原の口元に揶揄《やゆ》するような嗤いが浮いた。

「…………」

「重右衛門は、岡田に依頼され、十両でおれの首をとることを引き受けたのよ。この首が、十両だ。安く請け負ったものだ」

「金で刺客を！」

唐十郎は胸を衝《つ》かれた。父は、榊原の非道な殺人に義憤を感じて、岡田の依頼を受けたのではないのか。

……すると、岩本と仕合ったのも、刺客のため！

胴腹を両断され、臓腑を溢れさせて死んでいた無残な父の姿が脳裏に蘇《よみがえ》った。剣客としての義憤の死ではない。弱肉強食の世界で破れた畜生の死だ。

……これが剣に生きる者の真の姿ではないか。剣により糧を得る者の酷烈と醜悪に満ちた本体ではないのか。

唐十郎は、長い間心底に澱《よど》みのように残っていた黒い影の正体を垣間《かいま》見たような気がした。

「居合では食えぬということよ」

「……!」

そういえば、父の死ぬ数年前から小宮山流居合の門弟は、竹刀で打ち合う新興流派の人気に押されて激減していた。

わずかな門弟からの付け届けだけでは、食えぬということだ。唐十郎はなぜか、無性に腹がたった。唐十郎自身、父の死後多くの人を斬り、剣など斬殺のための具に過ぎぬと分かっていたし、剣の修行を通して武士の魂を磨くなどという気はさらさらなかった。ただ、どこかに生前の父の姿が、剣士の偶像として残っていた。それが無残に砕け散った。腹がたったのは父に裏切られたからではない。父に剣客としての求《きゅう》道《どう》者の姿を重ね、後生大事に持ち続けた己の甘さに対してだった。

「介錯人、野晒唐十郎、参る」

唐十郎は腰を沈めて斬撃の体勢をとった。この男を斬らねば、腹の怒りは治まらぬ、と思った。

「小宮山流居合の首斬りの剣、おれに通じるかな」

榊原は薄嗤いを浮かべたままわずかに腰を沈め、

「見よ、五郎清国の冴えを。……うぬの血を吸わせてやるわ」

そういって抜刀した。

切っ先が低い下段ではない。剣尖を敵の腹部に付ける平星眼《ひらせいがん》。敵の動きに応じて反応する後《ご》の先《せん》の構えといっていい。

間合は二間半。

榊原の構えには、そのまま腹部を突いてくるような凄味《すごみ》がある。神道無念流とはどこか違う。その面《おもて》貌から嗤いは消え、構え全体から骨の凍るような殺気を放射してきた。敵を斬る、その強い一念が、流派の構えを越えた独特の平星眼を生んだようだ。

多くの殺戮を通して身についた殺人剣だ。

「備前一文字《いちもんじ》祐広。二尺一寸七分」

そういうや否や、唐十郎は遠間《とおま》のまま祐広を抜き放った。

一瞬、榊原の顔に驚きが浮いた。

「……抜くとはな」

唐十郎は榊原と同じ、平星眼に構えた。山彦である。だが、ただ山彦をそのまま遣うつもりはなかった。山彦から鬼哭の剣へ変化させるつもりだった。

榊原の顔に浮いた驚きが、疑心に変わった。戸惑うように、わずかに切っ先が揺れたが、それもすぐに平静にもどった。

……鬼哭の剣だけでは通じぬ。

唐十郎はそう察知していた。榊原は父の遣った鬼哭の剣を承知しているはずだ。その剣を通じぬ、といっているからには、破る自信があるからに違いない。

唐十郎も、父が鬼哭の剣で敗れてから、自分なりに工夫を重ねてきていた。それが、この山彦から、鬼哭の剣へ変化させる一連の技である。

強風が両者の間隙を吹き抜けていた。

風に木の葉が流され、視界を過《よぎ》った瞬間だった。

榊原が動いた。激しい殺気を放ちながら、平星眼から一歩短く踏みこみ、そのまま唐十郎の下腹部を切っ先で刺すように突いてきた。

……返す剣!

この突きに応じようと切っ先をあげたとき、その刀身を下から返すように弾《はじ》きあげ、脇腹を薙ぐ後の先の技——そう察知した刹那、唐十郎は大きく前に跳躍していた。

一瞬、一合。

突きから斜《しゃ》に、榊原の刀身が斬りあげられ、その切っ先が、唐十郎の脇腹の着物を切り裂く。

右手一本で伸ばした唐十郎の祐広の切っ先が、榊原の首筋をはねるように斬る。

擦《す》れ違った両者は反転すると、お互いの喉元に切っ先を合わせて対峙した。

ハラリ、と唐十郎の着物が裂けて脇腹が露出したが、榊原の切っ先は肌までは届かなかったようだ。

突如、榊原の首筋から血が噴きあがった。数尺、噴きあがり、強風に黒く細い帯のように流れた。

ヒュー、ヒュー、と肺腑《はいふ》をえぐるような鬼哭の音が風に響く。

榊原は、フッ、フフ……と嗤うように喉を鳴らし、血を吹きあげる首筋を左手で押さえた。礑《はた》と、鬼の哭《な》く音がやみ、指間から血が溢れ、流れ落ちた。

「……おれの首を刎《は》ねろ！」

榊原が吐き捨てるようにいった。首筋の傷はわずかだが、血管《ちくだ》を斬った。助かりようがない。榊原はとどめを刺せといっているのだ。

「五郎清国に、おれの血を吸わせてやるわ」

よろよろと数歩歩み寄り、榊原はがっくりと両膝を突き、手にした五郎清国を傍らに置いた。首筋から噴出した血が強風に飛び散っている。蓬髪が乱れ、カッと瞠《みひら》いた両眼が鬼火のように燃え、死に臨んだ青白い顔が鬼面のように見えた。

「承知」

唐十郎はつかつかと榊原の脇に歩み寄ると、五郎清国を把《と》った。

八双。

スーと息を吐き、呼吸を整えると、シャッ！　という気合を発して、五郎清国を一閃させた。まさに、最上大業物、みごとな斬れ味だった。頸骨を断つわずかな感触を残して、榊原の首は一間ほど先まで跳ね飛んだ。首は強風に煽《あお》られ、ごろごろと石塊《いしくれ》のように転がり、掘割の手前の叢《くさむら》でとまった。

「若先生、おみごと……」

傍らに弥次郎が来た。

唐十郎は五郎清国を雲間から洩れるわずかな星明かりにかざして見た。

……紅牡丹《べにぼたん》！

鮮烈な血の花だった。八重《やえ》の花弁を広げたような牡丹の花が、五郎清国の蒼い刀身に数輪浮きあがったように咲いていた。

第五章　怪《け》鳥《ちょう》失《しっ》墜《つい》

1

相良たちによる五郎清国の奪還で、鳥居が幕政の裏で進めていた土井派の分断と久野追放の計略は粉砕された。

追いつめられた鳥居は「どこまでも、越前守殿に殉じて改革を断行する覚悟である」と水野に訴え、そのためには、反対派の追放、粛清を断固としておこなうべきであると進言したが、水野は追放、粛清などの強行策はとらず、説得、懐柔策をとった。

おそらく、水野は鳥居たちの訴えを、窮鼠《きゅうそ》のあがきと見たに違いない。この危機に臨んでも、まだ水野には老中主座としての見識があったということだ。

水野が強行策をとらなかったために、鳥居は孤立化した。形勢は決定的に不利だった。渋川や後藤はまだ鳥居と歩調を合わせていたが、四面楚歌《しめんそか》、荒海で沈没寸前の小舟に乗っているような危機的状況に陥《おちい》った。

常人ならここで、進退きわまったことを知り、腹を切るか、自裁まではともかく、謹慎、蟄居《ちっきょ》ぐらいは願いでて一線から身を引くところだが、突如、鳥居は反逆に出た。

己の地位を守るべく、渋川や後藤と申し合わせて、土井に水野を追及すべき機密書類を手土産に、寝返りを打ったのである。

まさに、妖怪に相応《ふさわ》しい狡猾、非道な反逆であった。そして、鳥居たちは一転して反水野派に加わり排斥運動を展開しはじめたのである。

鳥居という男は、権勢欲強く卑劣な術策で政敵を失脚させ、下に対しては暴虐の限りをつくす冷酷、醜怪な蛇のような男だが、反面、窮地に追いこまれると、なりふりかまわず己の身をまもろうとする破廉恥漢でもあった。

そして、すかさず、鳥居はトカゲの尻尾を切るように、三好との関係も断った。鳥居にすれば、無頼の牢人を使って土井派の要人を狙ったことが、明るみに出るのを恐れたのである。

鳥居は三好が不逞《ふてい》の牢人とともに密かに辻斬りをおこない、試し斬りをしているという容疑で捕り方を屋敷に向けた。奉行の職を利用し、己の手で三好や牢人たちを葬《ほうむ》ってしまおうと謀《はか》ったのである。

しかし、三好の行動の方が一歩早かった。鳥居の寝返りで身の危険を感じた三好は、いち早く自邸を抜けだし、捕り方が屋敷を包囲したときは、女中と年老いた下男しか残っていなかった。岩本をはじめ牢人たちも姿を消していた。

「鳥居という男、まさに、大妖怪でござる」

空屋敷の居間で、相良が礼金を唐十郎に渡しながら呆れたような顔をした。

「それにしても、土井さまも、寝返った鳥居を受け入れたんでしょう。われわれには分かりませぬな」

そういったのは、一緒にいた弥次郎である。

「まことに、土井さまにとっても、水野さまを追及するのに、鳥居は利用できると踏んだのでござりましょうな」

「離合集散は世のならいとはいえ、何やら虚《むな》しい気もいたします」

「さよう、われわれは、肩透かしをくったようなものでござるよ」

たしかに、相良たちにすれば矛先《ほこさき》を向けていた相手が寝返って自軍の将の配下についたのだから、戸惑うだろう。

「哀れなのは、三好ですな。乱心の汚名を着せられ、仕えていた主《あるじ》から追われるのですからな」

「三味線堀の狐火も、風前のともしびですか……」

弥次郎は膝先の茶碗に手を伸ばし、冷めた茶を渋そうに啜《すす》った。

「その三好は、どうするつもりなのだ」

相良と弥次郎のやりとりを聞いていた唐十郎が、口を挟んだ。

「お鉢は、われわれのところへ回ってまいりましたよ」

相良は唐十郎の方を振り向いた。

「捕らえろというのか」

「はい、鳥居より早く、しかも、生きたままで」

唐十郎が目を細めて、探るような目をした。

「どういうことだ」

「今度は、久野さまや土井さまにとって、三好がよい駒になったということでござりましょうな。手元に置けば、鳥居を追放するとき、いつでも使えるというわけでござろうな」

「化かし合いだな。江戸城内は、大貉《おおむじな》の巣かもしれぬな」

「仰せのとおりで。……それに比べると、猿を使って誑《たぶら》かすなど、まさに児戯《じぎ》でござるよ」

そういうと、相良は口元に薄笑いを浮かべたが、すぐに顔を改めて、

「やはり、岩本は狩谷さまが」

「そうだ、あやつだけはおれの手で斬りたい」

唐十郎は、父との関わりは話してなかったが、岩本だけは自分の手で始末をつけたいと相良に話してあった。

「分かりました。行方は、われら伊賀者がつきとめましょう」

そういうと、相良は立ちあがった。

咲に送られて唐十郎と弥次郎は、空屋敷の玄関を出た。鳥居が寝返り、辻斬りの一味として三好と牢人たちに捕り方を出したときから、唐十郎たちの嫌疑は消えていた。むろん、道場や弥次郎の家の周辺で光っていた岡っ引きたちの目もなくなっている。

「狩谷さま……」

咲は武家の娘の身形《みなり》で、二人を送って出た。

「お気をつけください」

唐十郎が岩本と仕合うつもりでいることを、咲も知っているのだ。

「咲どのもな。それに、黒装束より、その方が似合う」

「……………」

咲は何かいおうとしたが、唐十郎の視線と合うと急に顔を赤くして俯《うつむ》いてしまった。

空屋敷の前の通りには、秋にしてはつよい刺すような日が照っていた。萌黄《もえぎ》地に萩を染めた小袖が、遠ざかる二人の姿をいつまでも見送っていた。

唐十郎が振り返ると、その咲の姿が、秋の陽射しのなかで燃え立つように輝いて見えた。

松永町の小宮山流居合の道場は、唐十郎が出たときと何も変わってはいなかった。板塀の中の敷地内は多少夏草が茂っているようでもあったが、それでも建物の周辺や縁先などの草はとってある。二カ月ちかく留守にしたが、おかねが顔を出して面倒をみてくれたようだ。

縁先から居間に上がろうとすると、物音を聞きつけたとみえ、ドタドタと重そうな足音が聞こえ、唐十郎の姿を見ると、

「わ、若先生！」

と大声をあげ、おかねが飛びつくような勢いで駆け寄ってきた。

どうやら足の怪我は治ったようだ。

「どこへ行ってたんだ、よう……」

唐十郎の腕をつかみ、怒ったような声でいうと、だだをこねるように左右に腕を振って、

「まったく、心配させるじゃないか、あたしゃァ、死んじまったかと思ったよ」

と泣き声を出した。女とは思えないほど強い力で、唐十郎の手を握ったまま放さない。かさかさに荒れた厚い手だった。

「すまぬ、野暮用で江戸を離れていてな」

まさか、本所の空屋敷に潜んでいたとはいえない。

「若先生、家を空けるときは、あたしに何かいってってくださいよ。……あたしァ、金に困って押し込みにでも入ったんじゃないかって思ってたんだから。忠七ってえ岡っ引きが、あたしに、若先生はどこへいった、吐け、吐けって、竹刀で叩くんだから。吐けったって、知らないものが、喋れるわけないじゃないか。……それにしても、野暮用てえなァ、なんだい。まさか、女んとこへ」

それから、おかねの追及と愚痴が四半時ちかくも続いた。

……おかね、すまぬな。

と頭のなかで謝りながら、唐十郎は黙って聞いていてやった。おかねは胸に溜まった不安と心配をいっぺんに吐きだしているのだ。

おかねは喋るだけ喋ると、いくらか胸の内が軽くなったとみえ、やっと唐十郎を解放し、夕餉《ゆうげ》は食べてくださいよ、といい置いて台所へ向かった。

そのおかねの後ろ姿を見送ってから、唐十郎は久しぶりに道場へ立った。

榊原と仕合ってから、ほとんど体を動かしていなかった。なまった体を鍛えなおしたい気持ちもあったが、強矢が、あやつは斬れぬ、といっていたことが気になっていた。

岩本の剣が、唐十郎に勝《まさ》っているという意味だったのか、それとも、別の斬れない理由があるのか。唐十郎は、剣の腕の優劣とは違う、何か別な意味があるような気がしていた。

たしかに、岩本は戦国武者のような剛剣を遣う。巨軀で膂力《りょりょく》も並外れているからこそ、胴田貫《どうたぬき》も縦横に揮《ふる》うことができるのだが、他の武芸者を寄せつけない神業の持ち主とも思えなかった。

……だが、このままでは勝てぬ。

それも、たしかなような気がした。

唐十郎は祐広を腰に差して立ち、まず、初伝八勢の真向両断から、右身抜打、左身抜打、追切……と順次抜いて、体が汗ばんでから、岩本の剣を脳裏に浮かべ、二間半の間合をもって対峙した。

岩本の巨軀に強矢の構えと動きを重ね、星眼から胴へ斬りこむ出端《ではな》をとらえて、大きく前に跳び、鬼哭の剣を遣ってみた。

……斬れる！

岩本の胴田貫はかえって踏みこむ間合がとらえやすかった。初太刀の鋭さと迅《はや》さは変わらないが、切り返しや応じ技などはどうしても遅くなる。初太刀だけ見切って、踏みこめば、切っ先で首筋を斬ることができる。

……なぜ、父の鬼哭の剣は通じなかったのだ。

唐十郎には分からなかった。

たしか、父の持っていた祐広には、物打《ものうち》のあたりにわずかな刃こぼれがあった。刃こぼれのある祐広で父が仕合いに臨んだとは思えない。鬼哭の剣を遣う前に、何度か相手の刀と触れ合ったのか、あるいは岩本が何か盾《たて》のような物を隠し持っていて受けてから胴田貫で胴を薙《な》いだかだった。

だが、岩本が刀以外何か特別な武器を持っているとも思えなかった。

唐十郎は、強矢が、岩本の剣は甲源一刀流ではない、といいきった剣が、どのようなものなのか、どうしても分からなかった。

2

貉《むじな》の弐平は、行方をくらませた忠七を探していた。

鳥居の裏切りで形勢は一気に逆転した。同業の捕吏《ほり》から追われる身になったのは、忠七だった。その忠七が、三好と前後して車坂の小間物屋から姿を消して、すでに五日経つ。

弐平は忠七が江戸を離れたとは思っていなかった。忠七は五十を越している。老齢といってもいい。いまさら、江戸を離れて生きていく術《すべ》はないだろう。それに、世の中は目まぐるしく動いている。

数年前には、大坂の方で、元大坂奉行所与力だった大塩《おおしお》という男が、救民を旗印に大騒動を起こしたというし、飛ぶ鳥を落とす勢いだった大御所さま（家斉）のとり巻き連中が、三佞人《さんねいじん》と嘲弄《ちょうろう》されて追放され、水野が登場したと思えば、その水野も御改革がいき詰まって、今は崖っ縁に追いつめられている。

激動する世は、弐平や忠七のような下賤《げせん》の者にも、

……明日は、どう転ぶか分からねえ。

という気にさせ、この波さえくぐってしまえば何とかなる、と思わせるには十分だったのだ。おそらく、忠七は江戸の巷《ちまた》に身を潜め、政争の嵐が自分の頭上を吹き抜けるのを、じっと待っているに違いない。

弐平が忠七の潜伏先を突きとめたのは、行方をくらましてから七日目だった。弐平の勘どおり、下谷《したや》から近い上野《うえの》の不忍池《しのばずのいけ》ちかくの料理茶屋に、下男としてもぐりこんでいたのである。

料理茶屋の裏木戸から手拭《てぬぐ》いで頬っかむりして顔を隠し、人目を避けるようにして出てきた忠七に、背後から弐平が近付いた。

「車坂の、久しぶりだな」

「貉の!」

振り返った忠七の顔が、ひき攣《つ》った。

「顔を貸してくんねえ」

喉の奥で低い声をだした。

弐平は、忠七を殺《や》るつもりできていた。だが、この場でというわけにはいかなかった。夕暮れどきで、付近に人の姿はなかったが、料理茶屋には客もいるらしく、芸妓の嬌声や三味線の音なども聞こえてくる。忠七の悲鳴でも聞かれて、番屋にでも走られたら面倒なことになる。

「ヘッ、ヘヘ……。貉の、おれをどうする気だい」

忠七は顔に浮いた怯《おび》えを拭うように消すと、細い顎《あご》を挑発するように突きだした。

「どうもしやしねえ。綺麗ごたァ、いってられねえ。そうだろう」

きられねえ。おめえは、仲間だ。岡っ引きは、金蔓《かねづる》をつかんでなけりゃァ生
弐平はゆっくりと歩を進めた。

へへへ……と嗤《わら》いながら、忠七は後退《あとずさ》った。飛びかかられても逃げられるだけの間合をとっておくつもりのようだ。

「車坂の、おれは、おめえを恨んじゃいねえぜ」

「ヘェ、そうかい。じゃァ、おれに用はあるめえ」

「なァに、ちょいと、話がしてえだけなのよ。……ほら、こいつを見たことがあるだろう」

弐平は懐《ふところ》に手を突っこんで何やらつかみだした。それを、何か特別な意味でもあるように、忠七の方に突きだし、掌《てのひら》をそっと開いた。

簪《かんざし》だった。銀の細工でもしてあるらしく、鈍い光を放っている。

忠七は怪訝な顔をし、簪じゃァねえか、といいながら、のぞくように首を伸ばした

瞬間だった。いきなり、弐平が飛びついた。アッ、と声をあげて、忠七が身を引こうとしたが、その肩口を、ムズとつかんで、脇腹に簪の尖った先を突きたてた。

弐平は短軀だが、手足は節くれだって太く、腕力もある。こうなると、老齢で非力な忠七にはどうにもならない。

「お、大声を出すぜ」

忠七は目を怒らせて、身をよじった。

「出してみな、妖怪が、お白洲でおめえの顔を見てえって待ってるんだ。おめえの声を聞きゃァ喜ぶぜ」

「……！」

「なあに、ちょいと話を聞くだけだ。すぐにすむ」

そういうと、弐平は引きずるようにして、近くの商家の土蔵の裏に連れこんだ。

暗がりのなかで二人っきりになると、さすがに忠七の顔にも怯えが浮いた。

「車坂の、まず、ひとつ借りを返させてもらうぜ」

そういうや否や、弐平は腰の後ろに差していた十手を屈みながら引き抜くと、力任せに向こう脛《ずね》に叩きつけた。ガシッ、という固い物を砕いたような音がした。

ギャッ！　と悲鳴をあげて忠七は転倒し、叩かれた右脛を両手で抱えると、痛《い》テエ！　痛テエ！　と喚《わめ》きながら、横腹を地面に擦《こす》りつけるように身をよじった。

弐平の持っていたのは、八角棒身、一尺八寸の又八の十手である。忠七のような細身の男の足の骨など簡単に砕くことができる。

弐平は地面に横転した忠七に覆いかぶさるように屈み、襟元をつかんで、

「すまねえなァ。痛かったかい。十両もらっちまってるんでな」

弐平は喉の奥で低い声を出した。普段は愛嬌のある丸い目が憤怒《ふんぬ》に燃え、太い腕がかすかに震えていた。

「……！」

忠七は恐怖に顔を歪《ゆが》めた。

「車坂の、なぜ、又八を殺《や》ったんでえ」

「お、おれじゃ、ねえ。……い、岩本だ」

「斬ったのは、岩本よ。だが、斬らせたのはおめえだ」

「し、知らねえ」

「そうかい。喋る気にはならねえのかい」

そういうと、弐平は十手の先を忠七の腹に押し当てた。そして、十手の先に自分の体の重みを乗せた。

「こいつは又八の十手だ。……このまま腹ァ、ぶち抜いたっていいんだぜ」

「いッ、痛テエ!」

「ほら、刺さるめえに、腸《はらわた》が潰れちまうぜ」

ぐい、と十手の先が忠七の痩せた腹に食いこんだ。覆いかぶさるように屈みこんだ弐平の顔がどす黒い怒りに膨れている。

「か、勘弁してくれ!」

「口から、腸が飛びでてくるめえに吐けよ」

「……み、見たからだ、又八が」

「何を」

「お、おれが、斬られた侍《さむれえ》の懐《ふところ》から抜くのを……」

「………」

そういうことか、と弐平は思った。

忠七という男は、どこまでも小狡《こずる》く、卑劣にできているようだ。辻斬りの犠牲になった武士の懐中を、いきがけの駄賃に漁《あさ》っていたのだろう。その様子を又八に見られたのを知って、岩本に斬殺を頼んだに違いない。又八が、あいつは岡っ引きなんかじゃァねえ、と怒っていたのもそのことだったようだ。

弐平の顔に侮蔑が浮かび、両手が緩むと、忠七は目を血走らせ、

「ヘッ、綺麗ごとをぬかすんじゃねえや。おめえだって、金をもらって首斬り屋の片棒を担いでるんだろうが、よ」

猿のように歯を剝《む》いて憎々しげにいった。

「だが、よ。おれは、死肉を食らう鴉《からす》みてえなこたァ、しねえぜ」

「おれが鴉なら、おめえはなんでえ。ひとの尻《けつ》を嗅ぎまわってる貉じゃねえか。……おら、その手を離せよ」

忠七が弐平の十手の先をつかんで、ぐいと脇へ押しのけた。

「……貉の、仲間のおれを手にかけてみな。江戸中の岡っ引きが黙っちゃいねえぜ」

下から手を伸ばし、忠七が覆いかぶさっている弐平の胸座《むなぐら》をつかむと、

「どきァがれ！」

と叫んで、後ろへ突き飛ばそうとした。

その瞬間だった。

「こいつァ、又八の恨みよ」

そういいざま、弐平は握っていた十手を振りあげ、力まかせに忠七の額に叩きつけた。

グシャ、と音がして忠七の額が割れ、白眼が飛びでるほど瞠いた。頭蓋が砕けたらしく、陥没している。血が飛び散り、忠七はググッと喉の奥を鳴らしただけで、そのまま反り返るように身を後ろに転倒させた。しばらく、手足をピクピク動かしていたが、すぐにぐったりとなり動かなくなった。

忠七は口をあんぐり開けたまま猿のような顔をして死んだ。

「車坂の、おめえは岡っ引きなんかじゃねえぜ」

と、又八と同じことをいい、ペッ、と足元に唾を吐くと、十手を握りしめたまま背を丸めて歩きだした。

ろくに金にもならねえ、やな稼業だ、と呟きながら弐平は土蔵の陰から出た。

頭上に丸い月が出ていた。弐平は己の短い影を踏みながら、重そうな足どりでとぼとぼと松永町の方に向かった。


弐平が松永町のそば屋に着いた、ちょうどそのころ、相良を頭《かしら》とする伊賀者が三好甚蔵を襲撃していた。

三好は本所の松倉町《まつくらちょう》に潜んでいた。潜伏先は番場町の木村道場にちかい仕舞屋《しもたや》で、そこは三好が世話をしていた山吹屋のおきぬが、以前所帯を持っていたときの住まいであった。三好は縦縞《たてじま》の小袖に角帯、黒の羽織という小体《こてい》な商家の主人といった身形《みなり》で、おきぬと一緒に住んでいたのである。

夜陰に乗じ、相良は三人の伊賀者と雨戸を外して押し入った。

三好は寝所でおきぬと寝ていた。相良が踏みこむと、枕元にあった短刀を把《と》ったが抵抗はせず、カッと両眼を瞠《みひら》き、己の喉元を掻き切って血海のなかで果てた。

首筋から血を噴出させながら、

「おのれィ！　鳥居、呪い殺してやるわ」

と絶叫したのが、三好の最期だった。

どうやら、侵入してきた三好たちを、咄嗟に鳥居の放った刺客と思いこんだようだ。それにしても、妖怪を呪い殺すというのだから、凄まじい怨念だったに違いない。鳥居の手足となって長年殺戮をくり返し、土壇場で裏切られて己が屠《ほふ》られるのだから、その無念の強さも思い知ることはできる。

三好にとっては、鳥居の放った刺客の凶刃には斃《たお》されず、己で始末をつけることが、せめてもの抵抗だったのかもしれない。

3

岩本の潜伏先を伊賀者がつきとめたのは、九月（閏《うるう》）の十日だった。三好が死んでから三日後である。岩本は千住《せんじゅ》にちかい浅草中村《なかむら》町の豪農に止宿していた。中村町は仕置場のある小塚原《こつかっぱら》の北にあたり、日光街道沿いに田畑の広がるのどかな地であった。

この時代になると、剣術が武士だけでなく百姓町人の間にも広がり、暮らしに余裕のある農家では庭先に筵《むしろ》などを敷いて、小作人に剣術の稽古などをやらせる者も多かった。とくに、甲源一刀流は武州秩父郡《ぶしゅうちちぶごおり》の山間の地に本拠をおくことから、中仙《なかせん》道《どう》沿いの農民の間に根強い人気があった。岩本が潜んでいたのは、日光街道沿いの農家だが次男が強矢道場の門弟であり、岩本も中村町の屋敷でおこなわれる稽古に何度か足を運んでいた。

岩本が郷里の秩父につながる甲源一刀流の盛んな中仙道を避けて、あえて日光街道沿いの農家に身を潜めたのは、相良たちの追及の目を逃れる意図があったためだろう。

相良たちは、岩本が江戸市内か近隣の甲源一刀流の道場を頼って潜伏していることを予測し、中仙道沿いを中心にあたったが、岩本があらわれた様子はまったくなく、強矢道場の門弟の身辺を探って、所在をつきとめたのである。

「狩谷さま、どうあっても、おひとりで仕合うおつもりですか」

岩本の行方が知れたことを伝えてきたのは、咲だった。

「そのつもりだ」

「咲も、ご助勢いたします」

「いや、これは立合いだ」

岩本との対戦は剣に生きる者の宿命だと思っていた。

「……ならば、手筈《てはず》を整えますまでお待ちください」

そういうと、咲は訴えるような瞳で見つめていた視線を足元に落とした。白い頬がうすく紅潮し、何かいいたそうな素振りをしていたが、フッと溜息を洩らすと、諦《あきら》めたように唐十郎に背を向けた。

咲は格子縞の木綿の小袖に、亀甲《きっこう》模様の帯を締めていた。以前、柳原通りで会ったときと同じ、小店の娘のような身形《みなり》をしていたが、そのとき感じた男を拒絶するような硬さはなかった。

少年のように感じた白い頬や首筋には、娘らしい清楚さと柔らかさがあったし、なだらかな肩や腰から尻にかけての膨らみには、女らしい色気と豊潤さが感じられた。

そして、唐十郎を真っ直ぐ見つめる眸《め》の奥には、ある種の恥じらいと誘いこむような妖艶さも秘めていた。

……女とは不思議なものだ。

と唐十郎は思う。

本所の木村道場で負った太腿の傷の手当をしたときから、会うたびに筍《たけのこ》がその皮を剝《は》ぎながら背を伸ばしてくるように、咲は変わってくる。大川端を背負って逃げるときは、少女のように背に張りついたし、空屋敷で身のまわりの世話をしてくれたときは、未婚の娘のはにかみと甘えを見せた。そして、今、娘らしい清楚さのなかに、戸惑いと誘いこむような女の魅力を見せている。

その咲が、送って出た唐十郎の背後を歩きながら、

「……狩谷さま、上知令撤回のお触れが出ました」

と声を低くしていった。

「知らない者はおるまい」

水野から上知令撤回の通達が出たのは、三日前の七日だった。この朗報に江戸市民

は沸きあがっていた。

唐十郎のところへも、おかねが飛んできて、これで、暮らしもよくなるはずだ、と有頂天になって喋っていった。

まだ、水野は政権の座に居座っていたが、上知令反対派に押し切られて撤回したことは、水野が土壇場まで追いつめられたことの証明でもあった。江戸市民は、水野政権崩壊の前兆を敏感に感じとって浮かれていたのだ。

咲は三日後に、また道場に顔を出した。

手筈が整ったので、同道してくれ、ということだった。唐十郎は祐広を腰に差して立ちあがった。

「本間さまにお知らせいたしましょうか」

咲が訊いた。

「いや、よそう」

知らせれば、来るなといっても来る。それに、自分が敗れれば、敵《かな》わぬまでも岩本に向かっていくだろう。こんなことで、弥次郎の妻子まで路頭に迷わせたくはなかった。

浅草山谷《さんや》町を過ぎると道の両側に、田畑が広がっていた。すでに刈り入れの終わった田は湿った黒土に稲の切株だけを残し、畔《あぜ》や土手にはすすきが白い穂をつけている。あたりは茫漠とした夕闇に包まれ、田畑の中に点在する農家がかすかな灯を点《とも》していた。

岩本が止宿しているという農家は、周囲を鬱蒼とした樫《かし》の巨木に囲まれていた。

「咲どの、岩本ひとり呼びだすことができるか」

いくら農家とて、斬りこむわけにはいかなかった。

「はい」

心得たように、咲は背後を振り返ると、ピイーと指笛を鳴らした。

すると、背後に足音が聞こえ、御家人か旗本の子弟と思われる若い武士が走り寄った。

「入矢達之進《いりやたつのしん》です。すぐに、岩本を同行して参りますので、あの竹藪《たけやぶ》の陰の空地でお待ちください」

入矢と名乗った若い武士はそう伝えると、ひとりで岩本のいる農家の方に歩いていった。

見ると、農家へ続く畔道の脇に竹藪があった。その陰に、納屋《なや》でもとり壊した跡であろうか、幾つか礎石《そせき》の残った五間四方ほどの空地があった。

どうやら、そこが仕合う場になるようだ。

「あの者は、伊賀者です。三好の縁者で、山吹屋のおきぬからの使いということになっております」

三日前、咲が唐十郎と会った後、おきぬの名を使って、入矢という武士が来訪する知らせを手紙に認《したた》め農家に届けてあるという。

「用意周到だな」

唐十郎にすれば、細かい策を労さずとも、岩本が農家から出たところを襲えばことはすむだろうという気がした。

「あの岩本という男、油断がなりませぬ。待ち伏せていることを知れば、どのような卑劣な手段も平気でとります」

咲は顔を強張らせ、

「ご助勢のお許しはいただけませぬか」

と訴えるように訊いた。

「ならぬ」

唐十郎はいそいで股立ちをとり、下げ緒で襷《たすき》をかけた。

四半時も待つと、入矢が岩本を同行してきた。

空地の隅の立木の陰から、唐十郎が走りでた。すでに咲は竹藪のなかに身を潜めている。

一瞬、岩本は走り寄る唐十郎の姿を見て驚いたような顔をしたが、すぐに左右に目を走らせ、

「こんなことだと思ったわ。当座の金を渡したいというから来てみれば、待っていたのは首斬り屋か」

三間ほどの間合をとって、岩本は歩をとめた。六尺ほどの巨軀を黒の打裂羽織《ぶっさき》でつつんでいる。薄闇のなかで、黒い小山のように見えた。

「ひとりでくる気か」

走り去る入矢の背に視線を投げながら、岩本は鼻先で嗤《わら》った。

「小宮山流居合、狩谷唐十郎……」

「狩谷……。すると、これは敵討《かたきう》ちということか」

岩本はまた驚いたような顔をした。

「やはり、うぬが父を……」

十年前、父を斬ったのは間違いなくこの男のようだ。今、この男の腰にある胴田貫が父の腹を両断したのであろう。

黒い小山のような岩本の巨軀が、唐十郎の眼前に大きく立ち塞がっていた。この男の影が、十年来唐十郎の心底に棲《す》みついていたのだ。

唐十郎の白皙《はくせき》の顔貌《おもて》に朱がさした。介錯のときの斬心《ざんしん》とは違う、腹の底から突きあげてくるような高揚があった。

……こいつは、おれの敵だ！

手や膝が震えているが、怯えではない。武者震いだ。巨大な敵に牙を剝《む》き、今飛びかかろうとしている猛々《たけだけ》しい獣のようだ。剣に生きる者の本能といっていい。全身が燃え、血が滾《たぎ》っている。勝てるか、負けるか。死ぬか、生きるか。そんなことは頭にない。

……こいつを斬る！

それが、すべてだ。

4

「備前一文字祐広。二尺一寸七分！」

唐十郎は祐広を抜き放った。

「なにッ、居合が抜いたか」

岩本は怪訝な顔をして一歩退き《の》、腰の剛刀を抜いた。

「武蔵藤原包平《かねひら》が鍛えし胴田貫、三尺三寸。……因縁よ。父と子の血を吸うことになろうとはな」

岩本は、黒の打裂羽織の裾を薄闇にひるがえし大鷲が獲物を追いつめるように、ぐいぐいと近寄ってきて、二間ほどの間合でぴたりととまった。構えは、剣尖《けんせん》を敵の左目につける星眼。左右の足の開きがせまく、両踵《かかと》を地面にぴたりとつけている。強矢と同じ甲源一刀流の構えだ。

大樹のような強矢の構えと違い、岩本のそれは敵を威圧する巨岩のような構えだった。

唐十郎は岩本と同じ星眼に構えをとった。迂闊《うかつ》に仕掛けられない。岩本はどんな剣を遣うのか。甲源一刀流の立胴だけとは思えない。

山彦で相手の動きをみるつもりだった。

岩本は、爪先が地を這うようにじりじりと間合をせばめてきた。

同じように唐十郎も間合をつめる。

岩本の顔に一瞬疑念が浮いたが、唐十郎を射竦《いすく》めるように鋭い眼光を浴びせながら、さらに間合をつめる。

一足一刀の間境まで、あと一尺。その間合で唐十郎が先にしかけた。

切っ先に気をこめ、フッと体を沈めて飛躍する気配を見せる。瞬間、岩本はグイと踏みこみ、唐十郎の刀身を押さえようと胴田貫を前に伸ばした。

一瞬、前に跳ぶとみせた唐十郎は祐広を小さく振りあげ、岩本の小手に落とした。

その祐広が跳ね返った。

アッ、という声が唐十郎の口から洩れた。ガッ、と岩でも斬ったような感触が掌《てのひら》に残った。

かまわず、岩本は刀身を返し、薙《な》ぎ倒すような凄まじい胴斬りにきた。

唐十郎は背後に大きく跳んだ。刃唸《はうな》りがし、着物が裂けて腹に血の線が走った。

浅い！　一尺遠くとった間合が、唐十郎を救ったようだ。

……着込《きこみ》か！

どうやら、岩本はその巨軀の上に鎖帷子《くさりかたびら》と鎖籠手《くさりごて》を着込んでいるようだ。丈《たけ》の長い打裂羽織はそれを隠すためなのだ。強矢が岩本は斬れぬ、といったのはこれだ。

……父はこの着込を斬ったのだ！

祐広の刃先のこぼれは、このためだ。

岩本は嘲弄するような嗤《わら》いを浮かべて、星眼に構えたまま黒い大鷲のように迫ってきた。

唐十郎は退《ひ》いた。次は胴を両断される間合に入られるはずだった。

……だが、鬼哭の剣は遣えるはずだ。

岩本の鎖帷子は頸部《けいぶ》を護る立襟《たちえり》になっていない。首筋は斬れるはずだ。なぜ、父の切っ先は岩本の首が斬れなかったのだ。

唐十郎は退きながら、まだ、何かある、と察知した。

「間合に入らねば、おれは斬れぬぞ」

岩本は唐十郎を背後が堀《ほり》になっている空地の隅に追いつめようとしていた。

このままでは斬られる。なぜ、首筋が斬れぬか、つかまねば勝機はない。唐十郎は山彦から鬼哭の剣をしかけてみるつもりで歩をとめた。

岩本も歩をとめ、星眼に構えたまま二間の間合までつめてきた。立胴の間合に入られる直前、唐十郎は同じ星眼から岩本の剣尖を押さえるようにし、鋭く浅く前に踏みこんで切っ先を伸ばした。

瞬間、岩本は左肘《ひじ》を大きくはねあげ、唐十郎の切っ先を弾きあげた。

……これか！

岩本は着込で防護した腕や肘を巧みに使って、敵の刀身を弾き、胴を斬る剣技を身につけているようだ。甲源一刀流とは違う、と強矢がいったのはこのことであろう。まさに、甲冑《かっちゅう》に身を包んだ武者の兵法だ。

唐十郎の切っ先を肘ではねあげた岩本は、一歩踏みこみそのまま水平にちかい太刀筋で胴を斬りにきた。

唐十郎は大きく背後に跳んだが、ビュッ、と刃音をたてて、岩本の刀身が唐十郎の腹部を薙いだ。

腹に焼けるような痛みが走った。岩本の切っ先が唐十郎の腹を浅くとらえたようだ。

「狩谷さま！」

背後で咲の悲鳴のような絶叫が聞こえた。

唐十郎は横に走りながら、寄るな！　と叫び、間合をとると、祐広を鞘に納めた。

傷は浅い。勝負はこれからだ。

「居合でくるか。どうあがいても、おれは斬れぬわ」

岩本は顔をどす黒く紅潮させると、胴田貫の切っ先を星眼からわずかに下げた。そのまま間合をつめて、一足一刀の間境を越えるつもりのようだ。

唐十郎の胸に衝き上げてくるような怒りが湧いた。これは、まやかしの剣だ。正統な剣の道から逸脱した敵を屠《ほふ》るためだけの邪剣だ。このような剣の餌食《えじき》になって果てた父は、さぞや無念だったに違いない。

「小宮山流居合の神髄、見せてくれる」

祐広の柄に手をかけ、居合腰にとった。

「小癪《こしゃく》な。おれに居合など通じぬわ」

岩本が、間合をせばめようとぐいと踏みこんだ刹那だった。

唐十郎の体が大きく前に跳んだ。

飛躍しながら抜刀し、切っ先が前に伸びた。まるで槍の穂先のように真っ直ぐ伸びた唐十郎の切っ先は、岩本の喉笛《かわ》を鋭く突いた。

肘や腕などで、喉への突きは躱せない。

ぐっと上体を背後に反らせたまま岩本が胴を薙いだが、唐十郎の袖を裂いただけだった。

岩本は悪鬼のような形相《ぎようそう》で、その場につっ立っていた。その喉元から血が流れ、ヒュー、ヒュー、と荒野を渡る木枯らしのような音をたてた。

唐十郎の切っ先が気道を刺したのだ。

「鬼哭の剣……」

これが唐十郎の工夫した鬼哭の剣だった。敵の動きや剣技によって、間合と斬る箇所を変化させるのだ。

岩本はなおも胴田貫を星眼に構えたまま立ちつくしていたが、左手で喉を押さえがっくりと両膝をついた。すぐには死なぬが、助からない。

「……武士の情け、参る」

唐十郎は岩本の背後に立つと、祐広を一閃させた。

岩本の首が夜闇に飛び、黒羽織で地面を覆うように巨軀がどさりと前に倒れた。切株のような首根からドッと血が流れでた。前に伸びた両腕が痙攣《けいれん》していたが、それもすぐに動かなくなった。

「狩谷さま！」

竹藪の方から走ってくる足音がした。見ると、咲が小太刀を抜いたまま、必死の形相で走ってくる。その咲を先頭に、背後に五、六人の黒装束の集団が見えた。

唐十郎が斃《たお》されれば、代わって岩本を討つつもりだったのだろう。伊賀者は、鉄砲や長柄《ながえ》まで用意していた。

5

唐十郎の傷は浅かったが、岩本の切っ先を浴びた腹部はまだ出血していた。咲は唐十郎に諸肌《もろはだ》を脱がせると、手早く袂《たもと》から三尺手拭いをとりだして傷口に巻いた。手際よく腹部を縛る咲を見ながら、

「いつぞやの逆になったな」

と冗談めかしていったが、

「あと、一寸、傷が深かったら、お命が危《あや》うかったかもしれませぬ」

と咲はきつい顔を崩さなかった。

すでに、五ツ（午後八時）を過ぎていた。咲以外の伊賀者は、岩本の死体を始末すると、そのまま姿を消したが、咲はいっしょに神田まで帰るといって唐十郎の後をついてきた。

山谷町から鳥越町に入ると、通りは急に賑《にぎ》やかになった。

芝居小屋のある猿若《さるわか》町が近いこともあり、ふだんでも道の両側には商家が軒を連ねる賑やかな通りなのだが、それにしても、人通りが多い。五ツを過ぎているというの

に、女子供まで通りに出て声高《こわだか》に喋っている。普段なら雨戸を閉めているはずの民家に灯《ひ》が点り、料理屋や飲み屋の雪洞《ぼんぼり》や掛行灯《かけあんどん》が眩《まばゆ》いばかりに輝いている。

足早に行き交う人々の会話の端々に、水野、世直し、目出度《めでた》い、などという声が、甲高《かんだか》い笑い声とともに聞こえてきた。

「咲どの、妙に人の出が多いな」

唐十郎が足をとめて振り返ると、咲は、ハイ、と小声で応えて身を寄せて来た。とくに、咲と話すつもりはなかったが、往来を行き交う人が多く、間を開けたままだと歩きづらかったのだ。

唐十郎は、年配の牢人らしい男を呼びとめて、何ごとが起こったのか訊いてみた。

牢人は興奮した声で、越前守が雁之間《がんのま》詰めを命じられたようじゃ、と告げた。越前守とは水野忠邦のことであり、江戸城の雁之間は中堅の譜代大名の席であり、老中の罷免を意味していた。

「思ったより早かったな」

この日がそう遠からず来るとは、唐十郎も予測していた。水野は上知令が撤回されたころから、癪気《しやっき》と称して登城してなかったのだ。

「……なぜか、虚しい気もいたします」

咲は呟くようにいった。

「うむ……」

水野は失脚したが、直接の敵であった鳥居や渋川などは己の地位を守り、ぬくぬくと生きていた。懲罰を受けるどころか、今は罰を加える側に身を置いているのだ。咲たちにしてみれば、どうにもやり切れない思いが残っているに違いない。

咲のような伊賀者は、幕政の転換という大きな渦のなかで木の葉のようにきりきりと舞い、渦が収まれば、ただ流れのままに押し流されていくだけなのだろう。そこには勝者も敗者もない。流した血や奪いあった命は、渦で生じた一時的な濁《にご》りに過ぎず、時の流れとともに忘れ去られていく。

「おれは仕事だが……」

唐十郎はぼそりといった。

試刀家として、依頼された五郎清国の試し斬りをするために、邪魔者を斬っただけだ。岩本との立合いも、試刀家として進む道に立ち塞がっていた敵を排除したに過ぎない。

二人は、浅草花川戸《はなかわど》まで来ていた。吾妻《あづま》橋はすぐそこである。咲が空屋敷にもどるならこのあたりで別れねばならなかった。

唐十郎が吾妻橋のたもとで立ち止まると、咲は背後に身を寄せて、

「このまま、お別れしたくありませせぬ」

と消え入りそうな声でいった。

振り返ると、咲は思いつめたような顔をして視線を落としていた。唐十郎が、おれのような者でもかまわぬというのか、と問うと、咲は縋《すが》りつくような眸《め》を向けて、小さくうなずいた。

唐十郎はそのまま歩きだした。

咲はその背後に身を隠すようにして、黙ってついてきた。

咲が、いっしょに帰るといったときから、その気持ちは分かっていた。唐十郎も咲が嫌いではなかった。ただ、女として見るには幼過ぎたし、伊賀者とはいえ、咲は武家の娘だった。それに、咲はまだ男を知らない。つる源の吉乃のように金で始末のつく女ではないし、お互いに楽しむだけの行きずりの女でもない。

だからといって、この一途《いちず》に思いをよせる生娘をつっぱねるほど、唐十郎は真摯《しんし》に生きてはこなかった。ひとの首を刎ね、屍《むくろ》を斬って手にした不浄の金で遊女を買い、己の欲望を満たしてきた。

……おれも、また木の葉よ。

流れに身をまかせ、行き着く先で処するより仕方あるまい、唐十郎はそう思って歩いていた。

唐十郎が咲を連れていったのは、柳橋にある出合茶屋《であいぢゃや》だった。さすがに、咲は座敷に着くまで、おどおどした態度で顔を強張らせていたが、二人だけになると、自分から行灯《あんどん》の灯《ひ》を消した。

障子から差しこんだ月明かりが、咲の緋色の襦袢を冴々《さえざえ》と浮かびあがらせていた。咲は夜具の上に座ったまま身を硬くし、絡みつくような目で唐十郎を見つめていたが、その肩に男の手が伸びると、フッと、吐息を洩らして目を閉じた。

唐十郎は肩口から滑り落とすように咲の緋色の襦袢を脱がした。咲の白い裸身があらわになり、青白い月明かりに魚身のように輝いて見えた。

ほんのいっとき、唐十郎がその裸身を目で撫でていると、耐えかねたように咲は、

「唐十郎さま、唐十郎さま……」と、口走りながらしがみついてきた。

陶器のように滑《なめ》らかな弾力のある肌だった。唐十郎が背筋を押さえ、乳房をつかむと、咲はビクッと身を震わせたが、すぐに両腕を唐十郎の首に絡めてきた。荒い息を吐きながら、咲は夢中でしがみつき、己の裸身を唐十郎の体に押しつけようとした。

唐十郎は指先を咲の太腿に伸ばし、傷口を撫でてみた。わずかな膨らみが筋のよう

に足のつけ根の方に続いている。

アァァッ……という、悲鳴とも愉悦ともつかぬ声が、咲の喉の奥から洩れた。咲は激しく身をよじり、指先を唐十郎の肌に食いこませるほど力をこめてきた。

唐十郎は咲と身を重ねた。

白い裸身に絡みついた緋色の襦袢が、チラチラと白い肌を燃やす炎のように見える。

女とは不思議なものだと思う。これほど夢中になりながら、唐十郎の腹の傷に触らぬよう、巧みに避けている。激しい欲情に身を焦《こ》がしながらも、慈母のような優しさをどこかに持っている。

その夜、唐十郎は咲の裸身を抱いたまま眠った。

目が覚めたとき、障子に朝日が射していた。咲は夜具のなかにいなかった。身を起こして見ると、すでに身繕《みづくろ》いを終え、部屋の隅に座していた。その咲の膝の上に、朝の陽が昨夜の房事を包みこむように淡く照っている。

唐十郎を見つめている咲は、凄愴ささえ感じさせる成熟した女の顔をしていた。

唐十郎は咲を連れて、五ツ半（午前九時）過ぎに、出合茶屋を出た。柳橋を渡って両国広小路に出ると、いつもよりたくさんの人が出ていた。職人やぼて振りなどが多かったが、女子供や牢人も目についた。

唐十郎は、神田川沿いに咲と二人で柳原通りを歩いてみるつもりだった。咲は何か重い罪でも背負いこんだような強張った顔をし、黙って後を尾いてきた。

人々の流れは、日本橋方面へ向かっている。どの顔もどの顔も、目をぎらぎらさせ、興奮した口調で喋っている。……西の丸、役宅、水野邸、辻番所、などという声が群衆のなかから盛んに聞こえてきた。

「昨夜の続きか」

水野の失脚に興奮覚めやらぬ江戸の町民が、西の丸下にある水野の役宅に押しかけているようだ。

「越前守さまが、役宅の引払いを命じられたようです」

咲が通行人の話を耳にして小声で伝えた。

「そうか……」

唐十郎が、同じ方向に歩く大工をつかまえて事情を訊くと、数千という市民が、引っ越し準備中の水野邸に押しかけているという。

「なんでも、石を投げるわ、鬨《とき》の声をあげるわで大騒ぎのようですぜ。……辻番所がいくつか壊されたっていうし、水野の役宅に、鳥居の妖怪がとり締まりに出動するんじゃねえかって噂ですぜ」

と大工は興奮しながら喋った。

「忙しいことだな」

冷酷、執拗に江戸市民をとり締まっていた鳥居が、今度はタガがはずれて暴徒となった市民の鎮圧に出動するという。

「政事《まつりごと》とはいえ、あまりに不条理でございます」

咲は無念そうに眉根を寄せた。

「あの怪鳥《けちよう》も、やがて墜《お》ちよう」

唐十郎は、鳥居が要職に居座るのもそう長くは続くまいと思っていた。水野にとって代わった幕閣の多くが、鳥居が寝返ったことは知っているはずだ。水野から土井へ、うまく政権が引き渡されれば、鳥居は邪魔な存在になる。旧悪の粛清は、改革、刷新の原動力となる。新政権による旧勢力の断罪は、いつの世でも繰り返しおこなわれてきたことなのだ。

唐十郎は、やがて墜ちる、と咲に話した。

だが、この時代、幕政の変遷は、唐十郎など市井《しせい》の牢人の予測をはるかに越える激しいものだった。

上知令の失敗に端を発して失脚した水野は、翌年の六月にはふたたび老中主座の地位に返り咲き幕政の実権を握るのである。切迫した外交問題に対処できる人材が幕府にいなかったため、やむをえず再起用したとされるが、ともかく幕政に返り咲いた水野は、裏切り者の鳥居たちを即座に罷免している。また、土井も己の立場がなくなり、老中をやめ、政治の世界から身を引いてしまう。

だが、返り咲いた水野もわずか八カ月で、反水野派の阿部正弘《あべまさひろ》らの巻き返しで、退陣に追いこまれる。

水野はそれまでの加増分、本高合わせて二万石削《けず》られ、致仕《ちし》、蟄居《ちっきょ》を命じられ、嫡子《ちゃくし》忠清《ただきよ》に家督を譲らざるをえなくなる。これで、「青雲の要路」と称して、幕政の中核に登りつめた水野の夢も露《つゆ》と消えたわけである。

また、水野の懲罰に続いて、水野派だった鳥居は丸亀《まるがめ》藩の京極《きょうごく》邸へ、渋川は臼杵《うすき》藩の稲葉《いなば》邸へ宿預けにされ、後藤は死罪と、それぞれ断罪されている。

これが、唐十郎が、鳥居のような男もやがて墜ちる、と思ってからわずか一年半ほどの間に起こった一連の政変である。

だが、このときの唐十郎はそこまでは思ってもみなかった。

暴徒といってもいい興奮した群衆のなかを、唐十郎と咲は微妙な間隔を保ったまま歩いていた。

ふと、唐十郎の目に、闇のなかを走りまわる人々の姿が、道場の庭に立っている無数の石仏のように見えた。闇のなかで蠢《うごめ》く老若男女《ろうにゃくなんにょ》の姿が、荒れた庭に立つ石像の群れと重なったのである。唐十郎の肺腑のなかを寂寞《せきばく》とした想いが、風のように吹きぬけた。

「咲……」

と唐十郎は声をかけて振り返った。

「はい……」

咲は足をとめて、唐十郎を見上げた。

「おれは、野晒と呼ばれている。荒れ野に立つ石仏のごとき身……」

それだけいうと、唐十郎は咲の返事を聞かずに歩きだした。

いっとき、咲は戸惑うように佇《たたず》んでいたようだが、また、後ろを尾いてくるらしくちいさな足音が聞こえてきた。唐十郎はかまわずに歩き続けた。

両国広小路を抜け柳原通りに入ると、往来の人々は急に少なくなった。和泉橋まで来ると、唐十郎はまた立ちどまった。

きりがない、と思った。

そのとき、咲の足音が急に早くなり、唐十郎の行く手を遮《さえぎ》るようにまわりこむと、

「咲は忍びです」

と真っ直ぐ唐十郎の顔を見、胸を張るようにしていった。心の内で何かを振っ切ったようだ。目には強い光があったが、重苦しいものをはね除けたあとの、すがすがしさが顔に出ていた。

「…………」

「唐十郎さまのもとへ、風のように忍んでまいります」

そういうと、ちいさく笑った。

唐十郎は、そのはにかむような、勝ち誇ったような咲の顔を見て、何か新しい荷を背負いこんだように思ったが、悪い気はしなかった。

するり、と咲は唐十郎のそばを離れると、かすかに女の芳香を残して夜闇のなかを遠ざかっていった。

（本書は、平成十年七月に刊行した作品を、大きな文字に組み直した「新装版」です）

鬼哭の剣

一〇〇字書評

切り取り線

購買動機（新聞、雑誌名を記入するか、あるいは○をつけてください）

□（　　　　　　）の広告を見て	
□（　　　　　　）の書評を見て	
□ 知人のすすめで	□ タイトルに惹かれて
□ カバーが良かったから	□ 内容が面白そうだから
□ 好きな作家だから	□ 好きな分野の本だから

・最近、最も感銘を受けた作品名をお書き下さい

・あなたのお好きな作家名をお書き下さい

・その他、ご要望がありましたらお書き下さい

住所	〒				
氏名		職業		年齢	
Eメール	※ 携帯には配信できません	新刊情報等のメール配信を 希望する・しない			

この本の感想を、編集部までお寄せいただけたらありがたく存じます。今後の企画の参考にさせていただきます。Eメールでも結構です。

いただいた「一〇〇字書評」は、新聞・雑誌等に紹介させていただくことがあります。その場合はお礼として特製図書カードを差し上げます。

前ページの原稿用紙に書評をお書きの上、切り取り、左記までお送り下さい。宛先の住所は不要です。

なお、ご記入いただいたお名前、ご住所等は、書評紹介の事前了解、謝礼のお届けのためだけに利用し、そのほかの目的のために利用することはありません。

〒一〇一‐八七〇一
祥伝社文庫編集長 加藤 淳
電話 〇三（三二六五）二〇八〇

祥伝社ホームページの「ブックレビュー」からも、書き込めます。

http://www.shodensha.co.jp/bookreview/

上質のエンターテインメントを！ 珠玉のエスプリを！

祥伝社文庫は創刊十五周年を迎える二〇〇〇年を機に、ここに新たな宣言をいたします。いつの世にも変わらない価値観、つまり「豊かな心」「深い知恵」「大きな楽しみ」に満ちた作品を厳選し、次代を拓く書下ろし作品を大胆に起用し、読者の皆様の心に響く文庫を目指します。どうぞご意見、ご希望を編集部までお寄せくださるよう、お願いいたします。

二〇〇〇年一月一日　祥伝社文庫編集部

祥伝社文庫

鬼哭《きこく》の剣《けん》　介錯人《かいしゃくにん》・野晒唐十郎《のざらしとうじゅうろう》　新装版

平成二十三年二月十五日　初版第一刷発行

著者　鳥羽亮《とばりょう》
発行者　竹内和芳
発行所　祥伝社
東京都千代田区神田神保町三－六－五
九段尚学ビル　〒一〇一－八七〇一
電話　〇三（三二六五）二〇八一（販売部）
電話　〇三（三二六五）二〇八〇（編集部）
電話　〇三（三二六五）三六二二（業務部）
http://www.shodensha.co.jp/
印刷所　萩原印刷
製本所　積信堂
カバーフォーマットデザイン　中原達治

造本には十分注意しておりますが、万一、落丁、乱丁などの不良品がありましたら、「業務部」あてにお送り下さい。送料小社負担にてお取り替えいたします。

Printed in Japan ISBN978-4-396-33648-6 C0193

祥伝社文庫の好評既刊

鳥羽 亮
闇の用心棒
齢のため一度は闇の稼業から足を洗った安田平兵衛。武者震いを酒で抑え、再び修羅へと向かった！

鳥羽 亮
地獄宿 闇の用心棒②
〝地獄宿〟と恐れられるめし屋。主は闇の殺しの差配人。ところが、地獄宿の男達が次々と殺される。狙いは⁉

鳥羽 亮
剣鬼無情 闇の用心棒③
骨までざっくりと断つ凄腕の刺客の殺しを依頼された安田平兵衛。恐るべき剣術家と宿世《すくせ》の剣を交える！

鳥羽 亮
剣狼《けんろう》 闇の用心棒④
闇の殺し人片桐右京を襲った秘剣霞落とし。破る術を見いだせず右京は窮地へ。見守る平兵衛にも危機迫る。

鳥羽 亮
巨魁《きょかい》 闇の用心棒⑤
岡っ引き、同心の襲来、謎の尾行、殺し人「地獄宿」の面々が斃されていく。殺るか殺られるか、究極の剣豪小説。

鳥羽 亮
鬼、群れる 闇の用心棒⑥
重江藩の御家騒動に巻き込まれ、攫われた娘を救うため、安田平兵衛、片桐右京、老若の〝殺し人〟が鬼となる！

祥伝社文庫の好評既刊

鳥羽 亮
狼の掟 闇の用心棒⑦
一人娘まゆみの様子がおかしい。娘を想う父としての平兵衛、そして凄まじき殺し屋としての生き様。

鳥羽 亮
地獄の沙汰 闇の用心棒⑧
「地獄屋」の若い衆が斬殺された。元締めは平兵衛、右京、手甲鈎の朴念など全員を緊急招集するが…。

鳥羽 亮
さむらい 青雲の剣
極貧生活の母子三人、東軍流剣術研《とうぐんりゅうけんじゅつけん》鑽《さん》の日々の秋月信介《あきづきしんすけ》。待っていたのは父を死に追いやった藩の政争の再燃。

鳥羽 亮
さむらい 死恋の剣
浪人者に絡まれた武家娘を救った一刀流の待田恭四郎。対立する派の娘と知りながら、許されざる恋に……。

鳥羽 亮
必殺剣「二胴《ふたつどう》」
壮絶な太刀筋、必殺剣「二胴」。父を殺され、仲間も次々と屠《ほふ》られる中、小野寺左内はついに怨讐《おんしゅう》の敵と！

鳥羽 亮
覇剣 武蔵と柳生兵庫助
殺人剣《さつにん》と活人剣《かつにん》。時代に遅れて来た武蔵が、覇を唱えた柳生新陰流に挑む！新・剣豪小説！

祥伝社文庫の好評既刊

井川香四郎
千年の桜　刀剣目利き　神楽坂咲花堂⑦
笛の音に導かれて咲花堂を訪れた娘はある若者と出会った…。人の世のはかなさと宿縁を描く上条綸太郎事件帖。

井川香四郎
閻魔の刀　刀剣目利き　神楽坂咲花堂⑧
「法で裁けぬ者は閻魔が裁く」閻魔裁きの正体、そして綸太郎に突きつけられる血の因縁とは？

井川香四郎
写し絵　刀剣目利き　神楽坂咲花堂⑨
名品の壺に、なぜ偽の鑑定書が？　上条綸太郎は、事件の裏に香取藩の重大な機密が隠されていることを見抜く！

井川香四郎
鬼神の一刀　刀剣目利き　神楽坂咲花堂⑩
辻斬りの得物は上条家三種の神器の一つ、〝宝刀・小烏丸〟では？　綸太郎と老中の攻防の行方は…。

井川香四郎
鬼縛り　天下泰平かぶき旅
その名は天下泰平。財宝の絵図を片手に東海道を西へ。お宝探しに人助け、波瀾万丈の道中やいかに？

藤井邦夫
素浪人稼業
神道無念流の日雇い萬稼業・矢吹平八郎。ある日お供を引き受けたご隠居が、浪人風の男に襲われたが…。

祥伝社文庫の好評既刊

吉田雄亮

深川鞘番所

江戸の無法地帯深川に凄い与力がやって来た！　弱者と正義の味方――大滝錬蔵が悪を斬る！

吉田雄亮

恋慕舟《れんぼぶね》　深川鞘番所②

巷を騒がす盗賊夜鴉とは……。芽生える恋、冴え渡る剣！　鉄心夢想流が悪を絶つシリーズ第二弾。

吉田雄亮

紅燈川《こうとうがわ》　深川鞘番所③

深川の掟を破る凶賊現わる！　蛇の道は蛇。大滝錬蔵のとった手は……。〝霞十文字〟が唸るシリーズ第三弾！

吉田雄亮

化粧堀《けわいぼり》　深川鞘番所④

悪の巣窟・深川を震撼させる旗本一党の悪逆非道を断て!!　与力・大滝錬蔵が大活躍！

吉田雄亮

浮寝岸《うきねぎし》　深川鞘番所⑤

悪の巣窟、深川で水面下で何かが進行している!?　鞘番所壊滅を図る一味との壮絶な闘いが始まる。

吉田雄亮

逢初橋《あいぞめばし》　深川鞘番所⑥

深川の町中で御家騒動が勃発。深川の庶民に飛び火せぬために、大滝錬蔵は切腹覚悟で騒動に臨む。